Adolf Bacmeister

Die Germania

Adolf Bacmeister

Die Germania

1. Auflage | ISBN: 978-3-75251-544-2

Erscheinungsort: Frankfurt am Main, Deutschland

Erscheinungsjahr: 2020

Salzwasser Verlag GmbH, Deutschland.

Nachdruck des Originals von 1868.

Die Germania

von

C. Cornelius Tacitus.

Uebersetzt

von

A. Bacmeister.

Stuttgart.

Verlag von Paul Neff.

1868.

I. Germanisches Land und Volk im Ganzen.
Kapitel 1—27.

Grenzen. Hauptflüsse.

Germanien, als Ganzes genommen, ist von Gallien, Rätien und Pannonien durch Rhein und Donau, von Sarmaten und Daken theils durch das gegenseitige Bewußtsein gefährlicher Nachbarschaft, theils durch die natürliche Grenze der Gebirge geschieden. Im übrigen ist es vom Ozean bespült, welcher weit gedehnte Halbinseln und gewaltige Inselgebiete umfaßt, wie man ja erst in neuerer Zeit dort ganze Völkerschaften und Könige kennen lernte, zu welchen der Krieg uns die Bahn erschlossen.

Der Rhein, auf unzugänglichem schroffem Kamme der rätischen Alpen entspringend, macht eine leichte Wen=

Caput I.

Germania omnis a Gallis Raetisque et Pannoniis Rheno et Danubio fluminibus, a Sarmatis Dacisque mutuo metu aut montibus separatur; cetera Oceanus ambit latos sinus et insularum immensa spatia complectens, nuper cognitis quibusdam gentibus ac regibus, quos bellum aperuit. Rhenus Raeticarum Alpium inaccesso ac praecipiti vertice ortus modico flexu in occidentem versus

1

septentrionali Oceano miscetur; Danubius molli et clementer edito montis Abnobae iugo effusus plures populos adit, donec in Ponticum mare sex meatibus erumpat; septimum os paludibus hauritur.

bung nach Westen und mündet im nördlichen Ozean. Die Donau, von den gemach und sanft ansteigenden Höhen der Abnoba sich ergießend, strömt an einer Reihe von Völkern vorüber, um endlich in sechs Mündungen sich in das Pontische Meer zu stürzen; ein siebenter Arm verliert sich in Sumpfland.

Die Urzeit.

Caput II.

Die Germanen möchte ich für die ureingeborenen Bewohner dieses Landes halten, für ein Volk das sich wohl kaum mit später zugezogenen fremden Rassen versippt hat. Völker der Urzeit, welche ihre Wohnsitze zu wechseln den Drang fühlten, pflegten nicht den Landweg, sondern den Seeweg zu wählen, und der Ozean, welcher dort oben in endloser, wahrhaft feindseliger Unwirthlichkeit sich ausdehnt, wird doch nur selten von einem Schiffe aus unserer Zone besucht.

Aber auch abgesehen von den Gefahren eines wilden unbekannten Mee-

Ipsos Germanos indigenas crediderim, minimeque aliarum gentium adventibus et hospitiis mixtos, quia nec terra olim sed classibus advehebantur qui mutare sedes quaerebant, et immensus ultra utque sic dixerim adversus Oceanus raris ab orbe nostro navibus aditur; quis porro praeter periculum horridi et ignoti maris Asia et Africa aut Italia relicta Gerres, wen konnte es gelüsten, einem Asien, Afrika, Italien den Rücken zu wenden, um gen Germanien zu wandern, in diese wüsten Landschaften, unter rauhem Himmel, culturlos, düster, unheimlich einem jeden, dem sie nicht eben das Vaterland sind!

In alten Liedern — unter diesem Volke das einzige Hülfsmittel geschichtlicher Erinnerung — singen sie von einem erdgeborenen Gotte Tuisto und seinem Sohne Mannus, den Urahnen und Gründern ihres Geschlechts. Mannus hatte drei Söhne, nach welchen die nördlich, zunächst dem Ozean wohnenden Germanen sich Ingävonen, die mittleren Herminonen, die übrigen Istävonen nennen sollen. Andere dagegen — die Urzeit gibt ja weiten Spielraum — behaupten, es seien mehr Göttersöhne gewesen und mehr Stämme nach ihnen benannt, die Marsen, Gambrivier, Sueven, Vandalier, und das allein seien die echten alten Namen; das Gesammtwort Germanien selbst sei jünger und erst in neuerer Zeit aufgekommen, indem der

maniam peteret, informem terris, asperam caelo, tristem cultu adspectuque, nisi si patria sit? Celebrant carminibus antiquis, quod unum apud illos memoriae et annalium genus est, Tuistonem deum terra editum et filium Mannum, originem gentis conditoresque. Manno tris filios assignant, e quorum nominibus proximi Oceano Ingaevones, medii Herminones, ceteri Istaevones vocentur. Quidam, ut in licentia vetustatis, plures deo ortos pluresque gentis appellationes, Marsos, Gambrivios, Suevos, Vandalios affirmant, eaque vera et antiqua nomina; ceterum Germaniae vocabulum recens et nuper additum, quoniam qui

Stamm, welcher zuerst den Rhein über=
schritten und die Gallier zurückgedrängt
habe, die heutigen Tungern, damals
Germanen genannt worden seien; zuerst
hätten die siegreichen Eindringlinge ihr
ganzes Volk mit dem Schreckensworte
Germanen bezeichnet, dann sei das Volk
selbst auf die Erfindung eingegangen
und so habe sich mit der Zeit statt eines
eigentlichen Volksnamens der Name
eines einzelnen Stammes Geltung ver=
schafft.

Volkssagen.

Auch unser Herkules, meldet ihre
Sage, habe unter den Germanen ge=
weilt, und allen Heldennamen voran
wird im Schlachtgesang der seine ge=
nannt, wenn es zum Kampfe geht.
Uebrigens haben sie noch eine andere
Art von Kriegsgesang, dessen Vortrag,
Baritus genannt, sie zum Kampfe be=
geistert und dessen bloßer Klang schon als
Wahrzeichen für den Ausgang der
Schlacht gilt; ein Schrecken dem Feind
oder ihnen, je nachdem es durch die

primi Rhenum trans-
gressi Gallos expule-
rint ac nunc Tungri
tunc Germani vocati
sint; ita nationis no-
men, non gentis, eva-
luisse paulatim, ut
omnes primum a
victore ob metum,
mox a se ipsis in-
vento nomine Ger-
mani vocarentur.

Caput III.

Fuisse apud eos et
Herculem memorant
primumque omnium
virorum fortium ituri
in praelia canunt.
Sunt illis haec quo-
que carmina, quorum
relatu, quem baritum
vocant, accendunt
animos, futuraeque
pugnae fortunam ipso
cantu augurantur;
terrent enim trepi-
dantve, prout sonuit

Schlachtreihen dröhnte. Es ist als ob sie nicht Menschenstimmen, sondern die Geister des Krieges selbst in diesem Klange vernähmen. Die Hauptsache ist schauerliche Wildheit und dumpf dröhnender Widerhall, und diesen erzeugen sie, indem sie die Schilde vor den Mund halten, so daß der Ton in der Wölbung sich brechend mit verdoppelter Kraft und Tiefe zurückhallt.

Auch Ulisses, glauben manche, habe auf jener langen, märchenhaften Irrfahrt in das Nordmeer verschlagen das germanische Festland betreten; Asciburg, noch heutzutage eine Stadt am Rhein, verdanke ihm Gründung und Namen; ebendort sei vor Zeiten sogar ein dem Ulisses geweihter Altar mit dem Namen seines Vaters Laertes gefunden worden, und Grabhügel und andere Denkmäler mit griechischen Inschriften sollen heute noch auf der rätischgermanischen Grenzmark stehen. Lauter Vermuthungen, die ich mit eigenen Gründen weder zu stützen noch zu widerlegen gedenke; mag das jeder nach per-

acies, nec tam vocis ille quam virtutis concentus videtur. Affectatur praecipue asperitas soni et fractum murmur obiectis ad os scutis, quo plenior et gravior vox repercussu intumescat. Ceterum et Ulixem quidam opinantur longo illo et fabuloso errore in hunc Oceanum delatum adisse Germaniae terras, Asciburgiumque, quod in ripa Rheni situm hodieque incolitur, ab illo constitutum nominatumque; aram quin etiam Ulixi consecratam adiecto Laertae patris nomine eodem loco olim repertam, monimentaque et tumulos quosdam Graecis literis inscriptos in confinio Germaniae Raetiaeque adhuc extare.

jönlichem Urtheil für Wahrheit oder Dichtung nehmen.

Quae neque confirmare argumentis neque refellere in animo est; ex ingenio suo quisque demat vel addat fidem.

Körperbeschaffenheit.

Einverstanden dagegen bin ich mit der Annahme, welche die Bevölkerung Germaniens als eine nicht mit fremden Stämmen verquickte betrachtet, sondern als eine eigene, reine, nur sich selbst gleiche Rasse. Daher auch ein und derselbe Körperschlag durch diese ganze, doch so zahlreiche Menschenmasse: das blaue, trotzige Auge, das rothblonde Haar, der gewaltige Wuchs. Eine Kraft allerdings nur zum stürmenden Angriff geschaffen; der anhaltenden Anstrengung, der Arbeit ist sie nicht in gleichem Maße gewachsen. Am allerwenigsten hat den Germanen sein Boden und Klima gegen Durst und Hitze, wohl aber hat er ihn gegen Frost und Hunger gestählt.

Caput IV.

Ipse eorum opinionibus accedo, qui Germaniae populos nullis aliis aliarum nationum conubiis infectos propriam et sinceram et tantum sui similem gentem extitisse arbitrantur. Unde habitus quoque corporum, quamquam in tanto hominum numero, idem omnibus, truces et caerulei oculi, rutilae comae, magna corpora et tantum ad impetum valida; laboris atque operum non eadem patientia; minimeque sitim aestumque tolerare, frigora atque inediam caelo solove assueverunt.

Charakter und Produkte des Landes.

Das Land bietet im einzelnen ver= schiedene Gestaltungen, aber der allge= meine Charakter ist schauriger Urwald und düsterer Moorgrund. Gegen Gal= lien hin ist das Klima mehr feucht, gegen Noricum und Pannonien vor= herrschend windig. Der Boden ziem= lich ergiebig. Obstbäume gedeihen nicht. Das Land ist reich an Vieh, dieses aber meist von kleinem Schlag. Selbst dem Hornvieh fehlt das gewohnte statt= liche Wesen und der Stolz des Hauptes. Eine zahlreiche Herde — das ist die Freude des Germanen, das Vieh sein einziger und geliebtester Reichthum.

Ist es der Götter Huld oder Zorn, was ihm Gold und Silber geweigert hat? Und doch möchte ich nicht be= haupten, daß Germanien nicht eine Ader Silbers oder Goldes berge; wer hat je darnach gesucht? Aus Besitz oder Gebrauch jener Metalle machen sie sich jedenfalls nicht viel. Man kann sil= berne Gefäße bei ihnen sehen, Geschenke des Auslands an ihre Gesandten und

Caput V.

Terra etsi ali- quanto specie differt, in universum tamen aut silvis horrida aut paludibus foeda, hu- midior qua Gallias, ventosior qua Nori- cum ac Pannoniam aspicit; satis ferax, frugiferarum arbo- rum impatiens, peco- rum fecunda, sed ple- rumque improcera. Ne armentis quidem suus honor aut gloria frontis; numero gau- dent, eaeque solae et gratissimae opes sunt. Argentum et aurum propitiine an irati di negaverint dubito. Nec tamen affirma- verim nullam Ger- maniae venam ar- gentum aurumve gignere; quis enim scrutatus est? Posses- sione et usu haud perinde afficiuntur; est videre apud illos

Fürsten, welche gerade so verwendet werden wie gemeines Thongeschirr. Nur unsere nächsten Grenznachbarn wissen in Folge des Handelsverkehrs Gold und Silber zu schätzen, kennen und bevorzugen auch diese oder jene unserer Münzsorten. Tiefer im Innern herrscht noch der einfache alte Tauschhandel. Von unserem Gelde sind nur alte und längst bekannte Sorten, Serraten und Bigaten, beliebt. Silber nehmen sie lieber als Gold, nicht aus besonderer Liebhaberei, sondern weil für Leute, die alle möglichen unbedeutenden Dinge kaufen, der Verkehr in Silbermünze bequemer ist.

argentea vasa legatis et principibus eorum muneri data, non in alia vilitate quam quae humo finguntur; quamquam proximi ob usum commerciorum aurum et argentum in pretio habent formasque quasdam nostrae pecuniae agnoscunt atque eligunt; — interiores simplicius et antiquius permutatione mercium utuntur. Pecuniam probant veterem et diu notam, serratos bigatosque.

Argentum quoque magis quam aurum sequuntur, nulla affectione animi, sed quia numerus argenteorum facilior usui est promiscua ac vilia mercantibus.

Waffen. Pferde. Kriegswesen.

Caput VI.

Sogar an Eisen ist kein Ueberfluß, wie sich aus dem Material der Waffen ergibt. Nur wenige führen Schwerter oder größere Lanzen. Ein Speer, in germanischer Sprache eine Frame, ist

Ne ferrum quidem superest, sicut ex genere telorum colligitur. Rari gladiis aut maioribus lanceis utuntur; hastas vel die allgemeine Waffe; das Eisen schmal und kurz, aber so scharf, und das Ganze so handlich, daß es, je nach Bedürfniß, als Stoß= oder Wurfwaffe dient. Der Reiter begnügt sich mit Schild und Frame, die Fußgänger führen noch andere Wurfgeschosse; jeder hat deren einen Vorrath, und halbnackt, wie sie sind, oder höchstens noch einen leichten Mantel um die Schultern, schleudern sie ihre Waffen auf gewaltige Entfernungen. Von prunkendem Schmucke weiß man nichts; nur den Schild bemalen sie mit einer Auswahl der buntesten Farben. Einen Panzer tragen die wenigsten; kaum ein und der andere Helm oder Haube.

Die Pferde zeichnen sich weder durch Schönheit noch durch Schnelligkeit aus, sind aber auch nicht wie die unsrigen auf kunstvolle Wendungen dressirt; gradaus geht es oder mit einer einzigen Schwenkung etwa nach rechts, in so festgeschlossener Linie, daß keiner hinter dem andern zurückbleibt. Im allgemeinen ist das Fußvolk die Hauptstärke

ipsorum vocabulo frameas gerunt, angusto et brevi ferro, sed ita acri et ad usum habili, ut eodem telo, prout ratio poscit, vel comminus vel eminus pugnent. Et eques quidem scuto frameaque contentus est; pedites et missilia spargunt, plura singuli, atque in immensum vibrant nudi aut sagulo leves. Nulla cultus iactatio; scuta tantum lectissimis coloribus distinguunt. Paucis loricae, vix uni alterive cassis aut galea. Equi non forma, non velocitate conspicui; sed nec variare gyros in morem nostrum docentur; in rectum aut uno flexu dextros agunt, ita coniuncto orbe, ut nemo posterior sit. In universum aestimanti plus

und wird daher auch mitten im Reiter=
gefecht verwendet. Zu einem solchen
eignet sich ganz vortrefflich die Schnellig=
keit dieser Fußgänger, eines erlesenen
Kernes aus der gesammten Kriegs=
mannschaft, welcher in die vorderste
Linie gestellt wird. Auch die Zahl ist
bestimmt — hundert aus jedem Gau.
Ein Hundert nennen sie selbst diese
Mannschaft und was ursprünglich eine
abstracte Ziffer war, ist jetzt ein con=
cretes Wort und ein ehrenvoller Name.

Der germanischen Schlachtordnung
iegt die Keilform zu Grund. Zurück=
veichen, wenn man nur wieder vor=
pringt, gilt eher als List denn als
Furcht. Die Gefallenen bringt man
nuch bei ungünstigem Kampf in Sicher=
jeit. Die größte Schmach aber ist das
Preisgeben des Schildes; wer es thut
ist ehrlos und aus der religiösen und
politischen Gemeinschaft verbannt, und
schon mancher, den die Schlacht ver=
schonte, hat einem schmachvollen Dasein
durch den Strick ein Ende gemacht.

penes peditem robo-
ris; eoque mixti prae-
liantur, apta et con-
gruente ad equestrem
pugnam velocitate pe-
ditum, quos ex omni
iuventute delectos
ante aciem locant
Definitur et numerus;
centeni ex singu-
lis pagis sunt id-
que ipsum inter suos
vocantur, et quod
primo numerus fuit,
iam nomen et honor
est. Acies per cuneos
componitur. Cedere
loco, dummodo rur-
sus instes, consilii
quam formidinis ar-
bitrantur. Corpora
suorum etiam in du-
biis praeliis referunt.
Scutum reliquisse
praecipuum flagi-
tium; nec aut sacris
adesse aut concilium
inire ignominioso fas;
multique superstites
bellorum infamiam
laqueo finierunt.

König und Feldherr.

Zum König adelt die Geburt, zum Heerführer die Tapferkeit. Aber die königliche Gewalt ist nicht ein schranken=loses Belieben, und auch der Führer im Feld ist das nicht sowohl durch seine Stellung an sich als durch sein Beispiel. Immer auf dem Platz, immer ein Vorbild, immer voran im Kampf — so gehorcht man ihm, weil man ihn achtet. Ueber Leben und Tod rich=ten darf er nicht, auch keinen fesseln, ja nicht einmal schlagen lassen. Nur der Priester darf dies, und auch dieser voll=zieht dann nicht sowohl eine Strafe oder einen Befehl des Führers, sondern das Gebot des Gottes, welcher über der Walstatt waltet; denn das ist ger=manischer Glaube und darum nehmen sie auch gewisse Bilder und Feldzeichen aus ihren heiligen Hainen in die Schlacht mit.

Der wirksamste Sporn des Helden=muths aber liegt darin, daß nicht aus Zufall, nicht aus einem beliebigen Zu=sammenwürfeln heraus die Keile, die

Reges ex nobili-tate, duces ex virtute sumunt. Nec regi-bus infinita aut libera potestas, et duces, exemplo potius quam imperio, si prompti, si conspicui, si ante aciem agant, admira-tione praesunt; cete-rum neque animad-vertere neque vincire, ne verberare quidem nisi sacerdotibus per-missum, non quasi in poenam nec du-cis iussu, sed velut deo imperante, quem adesse bellantibus credunt. Effigiesque et signa quaedam de-tracta lucis in prae-lium ferunt. Quodque praecipuum fortitudi-nis incitamentum est, non casus nec for-tuita conglobatio tur-mam aut cuneum facit, sed familiae et propinquitates; et

Geschwader sich bilden, sondern aus den Familien und Sippschaften. Und diesen in nächster Nähe weilen ihre theuersten Häupter, der Kämpfer hört das Wehrufen seines Weibes, das Weinen seiner Kinder, ihre Zeugschaft ist den Männern die heiligste, ihr Beifall der höchste; zur Mutter, zur Gattin schleppt der Mann seine Wunden und jene zählen und untersuchen sie ihm ohne Zittern und bringen den Kämpfenden Nahrung und Zuspruch ins Gefecht.

Das Weib.

Von mehr als einer Schlacht erzählt die Geschichte, wo die wankenden und weichenden Reihen von den Frauen zum Stehen gebracht wurden, durch ihr ausdauerndes Bitten und Flehen, und indem sie mit entblößter Brust sich vor die Männer warfen und ihnen das Loos eines gefangenen Weibes vor das Auge stellten. Dieser Gedanke aber ist dem Germanen weit unerträglicher als die eigene Gefangenschaft; und dieses Gefühl ist so stark, daß man selbst ganze

in proximo pignora, unde feminarum ululatus audiri, unde vagitus infantium. Hi cuique sanctissimi testes, hi maximi laudatores; ad matres, ad coniuges volnera ferunt; nec illae numerare aut exigere plagas pavent, cibosque et hortamina pugnantibus gestant.

Caput VIII.

Memoriae proditur quasdam acies inclinatas iam et labantes a feminis restitutas constantia precum et obiectu pectorum et monstrata comminus captivitate, quam longe impatientius feminarum suarum nomine timent, adeo ut efficacius obligentur animi civitatum, quibus in-

Stämme politisch fester bindet, wenn man sie unter andern Geiseln einige Jungfrauen aus dem Adel stellen läßt. Ja den Germanen sind die Frauen gerabezu eine Art heiliger und prophetisch begabter Wesen; ihr Rath bleibt nicht unbeachtet, ihr Spruch wird nicht überhört. Wir selbst haben unter dem verewigten Vespasian jene Veleda gesehen, welche lange Zeit und weithin als ein göttliches Wesen gegolten hat. Auch früher schon standen eine Aurinia und andere Frauen in ähnlicher Verehrung. Aber kriechende Schmeichelei war das nicht, so wenig als Vergötterung.

Religion.

An der Spitze der germanischen Götter steht Merkur; ihm dürfen an bestimmten Tagen sogar Menschenopfer fallen. Ihrem Mars und Herkules huldigen sie nur mit dem Blute von Thieren. Ein Theil der Sueven opfert auch der Isis. Grund und Ursprung dieser Verehrung einer fremden Gottheit ist mir räthselhaft geblieben; auf

ter obsides puellae quoque nobiles imperantur. Inesse quin etiam sanctum aliquid et providum putant, nec aut consilia earum aspernantur aut responsa negligunt. Vidimus sub divo Vespasiano Veledam diu apud plerosque numinis loco habitam; sed et olim Auriniam et compluris alias venerati sunt, non adulatione nec tanquam facerent deas.

Caput IX.

Deorum maxime Mercurium colunt, cui certis diebus humanis quoque hostiis litare fas habent; Herculem ac Martem concessis animalibus placant. Pars Suevorum et Isidi sacrificat; unde causa et origo peregrino sacro, einen vom Ausland eingedrungenen Cultus deutet jedoch die bildliche Darstellung der Göttin durch eine Liburne. Die Götter zwischen vier Wänden einzusperren oder in beliebiger Menschengestalt darzustellen, entspricht im übrigen nicht der germanischen Anschauung von der Erhabenheit himmlischer Wesen. Wälder und Haine sind ihre Tempel und in die Namen ihrer Götter hüllt sich jene geheimnißvolle Macht, welche einzig in der Andacht des frommen Gedankens sich ihnen offenbart.

Weissagung.

Zeichendeutung und Loos spielt auch bei den Germanen eine große Rolle. Das Verfahren beim Loosen ist einfach. Man schneidet einen Zweig von einem Fruchtbaum in kleine Stücke, ritzt auf jedes gewisse Zeichen ein und wirft sie aufs gerathewohl über ein weißes Tuch hin; ist es eine öffentliche Sache, so hebt der Priester, in Privatangelegenheiten der Familienvater unter Gebet

parum comperi, nisi quod signum ipsum in modum liburnae figuratum docet advectam religionem. Ceterum nec cohibere parietibus deos neque in ullam humani oris speciem assimilare ex magnitudine caelestium arbitrantur; lucos ac nemora consecrant, deorumque nominibus appellant secretum illud, quod sola reverentia vident.

Caput X.

Auspicia sortesque ut qui maxime observant. Sortium consuetudo simplex: virgam frugiferae arbori decisam in surculos amputant, eosque notis quibusdam discretos super candidam vestem temere ac fortuito spargunt; mox, si publice con-

und Aufblick zum Himmel drei Späne nach einander auf und gibt sodann aus den eingeschriebenen Zeichen seine Deutung. Sind sie verneinend, so erfolgt an dem laufenden Tage keine zweite Befragung; wenn bejahend, so bedürfen sie immer noch der Bestätigung durch die Auspicien.

Von letzteren sind Flug und Stimme der Vögel auch den Germanen bekannt; eigenthümlich aber ist ihnen die Weissagung und Berathung durch das Pferd. In den obenerwähnten Hainen und Gehölzen werden von Gemeindewegen Rosse gehalten, schneeweiß und nie durch einen irdischen Dienst entweiht. Diese werden an den heiligen Wagen geschirrt und der Priester mit dem König oder dem sonstigen Staatsoberhaupt geht nebenher und beobachtet das Wiehern und Schnauben der Thiere. Ein Vertrauen wie dieses genießt keine andere Art von Zeichen, und zwar nicht nur bei der Menge, sondern auch bei den Häuptlingen und Priestern; die beiden letztern betrachten jene Thiere als Ein-

suletur, sacerdos civitatis, sin privatim, ipse pater familiae, precatus deos caelumque suspiciens, ter singulos tollit, sublatos secundum impressam ante notam interpretatur; si prohibuerunt, nulla de eadem re in eundem diem consultatio; sin permissum, auspiciorum adhuc fides exigitur. Et illud quidem etiam hic notum, avium voces volatusque interrogare; proprium gentis equorum quoque praesagia ac monitus experiri. Publice aluntur isdem nemoribu s ac lucis candidi ac nullo mortali opere contacti; quos pressos sacro curru sacerdos ac rex vel princeps civitatis comitantur, hinnitusque ac fremitus obser-

2

geweihte der Götter, sich selbst als Vermittler.

Noch besteht eine dritte Art der prophetischen Deutung durch welche auf den Erfolg eines ernsten Krieges voraus gerathen wird. Man sucht sich aus dem feindlichen Stamm auf irgend eine Weise einen Gefangenen zu verschaffen und stellt ihn einem erlesenen Kämpen des eigenen Volkes gegenüber, jeden in seiner heimischen Rüstung. Der Sieg des einen oder des andern gilt als Vorbedeutung für den ganzen Krieg.

vant; nec ulli auspicio maior fides, non solum apud plebem, sed apud proceres, apud sacerdotes; se enim ministros deorum, illos conscios putant. Est et alia observatio auspiciorum, qua gravium bellorum eventus explorant: eius gentis, cum qua bellum est, captivum quoquo modo interceptum cum electo popularium suorum, patriis quemque armis, committunt; victoria huius vel illius pro praeiudicio accipitur.

Volksversammlung.

Ueber minder bedeutende Angelegenheiten berathen die Häuptlinge, über die wichtigeren die Gesammtheit. Indessen auch wo dem Volke die Entscheidung zusteht, wird die Sache von den Häuptlingen durchgesprochen. Für diese Berathungen haben sie, wenn kein unerwarteter Zufall eintritt, ihre festen

Caput XI.

De minoribus rebus principes consultant, de maioribus omnes, ita tamen ut ea quoque, quorum penes plebem arbitrium est, apud principes pertractentur. Coeunt, nisi quid fortuitum et subitum incidit,

Tage, und zwar gelten Neumond oder Vollmond als günstigste Zeit für die Staatsgeschäfte. Der Germane rechnet aber nicht wie wir nach Tagen, sondern nach Nächten; so wird beraumt, so wird berufen; Herrscherin ist die Nacht; in ihrem Gefolge der Tag.

Eine Schattenseite germanischer Freiheit ist es, daß die Versammlungen nicht gleichzeitig, nicht zur gebotenen Frist zusammentreten und oft zwei und drei Tage mit Warten verloren gehen. Im Rathe selbst setzt sich jeder nach Belieben, und zwar in Wehr und Waffen. Der Priester gebietet Schweigen; ihm steht hier auch das Recht der Ahndung zu. Sodann ergreift der König, der Häuptling das Wort, jeder überhaupt welchen Alter, Geburt, Kriegsruhm, Beredsamkeit befähigen; und jeder mehr auf das Gewicht seiner Meinung als auf die Gewalt seines Machtspruchs gestützt. Findet eine Ansicht keinen Beifall, so geht ein verneinendes Murren, gefällt sie, so tönt das Klirren der Speere durch die Versamm-

certis diebus, cum aut inchoatur luna aut impletur; nam agendis rebus hoc auspicatissimum initium credunt. Nec dierum numerum, ut nos, sed noctium computant; sic constituunt, sic condicunt; nox ducere diem videtur. Illud ex libertate vitium, quod non simul nec ut iussi conveniunt, sed et alter et tertius dies cunctatione coeuntium absumitur. Ut turbae placuit, considunt armati; silentium per sacerdotes, quibus tum et coercendi ius est, imperatur; mox rex vel princeps, prout aetas cuique, prout nobilitas, prout decus bellorum, prout facundia est, audiuntur, auctoritate suadendi magis quam iubendi potelung. Waffenklang ist das ehrenvollste Zeichen des Beifalls.

state. Si displicuit sententia, fremitu aspernantur; sin placuit, frameas concutiunt; honoratissimum assensus genus est armis laudare.

Strafen und Gericht.

Diese Versammlungen sind auch offen für Klage und peinliches Gericht. Die Art der Strafe wird aus dem Wesen des Vergehens entnommen. Verräther und Ueberläufer hängt man an einem Baum auf; Feigheit, Fahnenflucht und widernatürliche Wolluft wird geahndet, indem man den Schuldigen in Schlamm und Sumpf wirft und unter darüber geworfenem Flechtwerk erstickt. Dieser Anwendung zweier entgegengesetzter Todesarten liegt das Gefühl zu Grunde, daß ein Verbrechen gleichzeitig mit seiner Bestrafung vor die Oeffentlichkeit gestellt, eine Schändlichkeit ihr entzogen werden müsse.

Aber auch bei leichteren Vergehen findet Abstufung der Strafen statt. Letztere bestehen in einer Buße an

Caput XII.

Licet apud concilium accusare quoque et discrimen capitis intendere. Distinctio poenarum ex delicto: proditores et transfugas arboribus suspendunt, ignavos et imbelles et corpore infames coeno ac palude iniecta insuper crate mergunt. Diversitas supplicii illuc respicit, tanquam scelera ostendi oporteat, dum puniuntur, flagitia abscondi. Sed et levioribus delictis pro modo poena: equorum pecorumque numero convicti multantur; pars multae regi vel civitati, pars ipsi qui vindicatur

Pferden und Vieh; eine Hälfte derselben fällt dem König oder der Volksgemeinde zu, die andere dem Geschädigten oder seinen Angehörigen.

Endlich werden in jenen Versammlungen die Häuptlinge gewählt welche in den einzelnen Gauen und Marken die Rechtspflege zu üben haben. Jedem Gewählten stehen hundert Männer aus dem Volke als Rath und zugleich als Behörde zur Seite.

vel propinquis eius exsolvitur. Eliguntur in isdem conciliis et principes, qui iura per pagos vicosque reddunt; centeni singulis ex plebe comites, consilium simul et auctoritas, assunt.

Wehrhaftmachung. Gefolgschaft.

Niemals aber, es sei in gemeinsamer oder eigener Sache, erscheint der Germane anders als in Wehr und Waffen. Diese jedoch darf keiner eher anlegen als bis ihn die Gemeinde für wehrfähig erklärt hat. Dies geschieht, indem ein Häuptling oder der Vater oder ein Verwandter in öffentlicher Versammlung den Jüngling mit Schild und Frame bewehrt. Das ist ihre Toga, das ist der Jugend erster Ehrenschmuck; bis dahin war der Jüngling ein Glied der Familie, fortan gehört er dem Staate. Edles Blut jedoch

Caput XIII.

Nihil autem neque publicae neque privatae rei nisi armati agunt; sed arma sumere non ante cuiquam moris quam civitas suffecturum probaverit. Tum in ipso concilio vel principum aliquis vel pater vel propinquus scuto frameaque iuvenem ornant; — haec apud illos toga, hic primus iuventae honos — ante hoc domus pars videntur,

ober hohes Verdienst des Vaters ver=
leiht schon dem Unerwachsenen die ade=
liche Würde; er darf sich den stärkeren
und längst wehrhaften zugesellen und
braucht nicht zu erröthen, wenn er im
Gefolg eines andern erscheint...

Ihre Rangstufen hat ja sogar die
Gefolgschaft selbst, nemlich in dem
Urtheil dessen um den sie sich schart.
Und ein mächtiger Wetteifer herrscht
daher unter Gefolgsleuten und Füh=
rern; bei jenen gilt es, wer seinem
Häuptling am nächsten komme, bei
diesen, wer das größte und tüchtigste
Gefolge zähle. Das heißt Ehre, heißt
Stärke; stets von einer zahlreichen
Schar erlesener Degen umdrängt zu
sein — im Frieden des Häuptlings
Stolz, im Kriege sein Schirm und
Schutz. Und nicht nur im eigenen
Volke gilt, auch in die Nachbarstaaten
bringt Ruhm und Name des Mannes
der durch Zahl und Tüchtigkeit seines
Gefolges hervorragt. Gesandtschaften
suchen ihn auf, ehrende Geschenke wer=
den ihm gebracht und er allein schlägt

mox reipublicae. In-
signis nobilitas aut
magna patrum merita
principis dignatio-
nem etiam adule-
scentulis assignant;
ceteris robustioribus
ac iam pridem pro-
batis aggregantur.
Nec rubor inter co-
mites aspici; gradus
quin etiam ipse comi-
tatus habet iudicio
eius quem sectantur,
magnaque et comi-
tum aemulatio, quibus
primus apud princi-
pem suum locus, et
principum, cui plu-
rimi et acerrimi comi-
tes. Haec dignitas,
hae vires; magno
semper electorum iu-
venum globo circum-
dari, in pace decus,
in bello praesidium.
Nec solum in sua
gente cuique, sed
apud finitimas quo-
que civitates id no-
men, ea gloria est,

oft einen ganzen Krieg durch den Klang seines Namens nieder.

gationibus et muneribus ornantur et bella profligant.

si numero ac virtute comitatus emineat; expetuntur enim legationibus et ipsa plerumque fama

Im Krieg.

Einmal aber im Gemenge der Schlacht ist es eine Schmach für den Führer, sich an Tapferkeit übertreffen zu lassen, eine Schmach dem Gefolge, hinter des Führers Tapferkeit zurück= zubleiben; vollends aber fürs ganze Leben entehrende Schande, wenn einer, dem der Führer gefallen, lebend aus dem Kampfe weicht. Den Herrn zu schirmen und zu wahren, ja die eigene Heldenthat der Verherrlichung des Häuptlings zu opfern — das ist erste heilige Kriegerpflicht. Der Herr kämpft um den Sieg, die Mannen um ihren Herrn.

Wenn das eigene Heimatland in allzulangem Frieden brach und müßig liegt, so zieht gar oft die adeliche Ju= gend hinaus nach einem fremden Lande

Caput XIV.

Cum ventum in aciem, turpe principi virtute vinci, turpe comitatui virtutem principis non adaequare; iam vero infame in omnem vitam ac probrosum superstitem principi suo ex acie recessisse. Illum defendere, tueri, sua quoque fortia facta gloriae eius assignare praecipuum sacramentum est; principes pro victoria pugnant, comites pro principe. Si civitas in qua orti sunt longa pace et otio torpeat, plerique nobilium adulescentium petunt ultro eas deſſen Volk gerade Krieg führt. Ein ruhiges Leben behagt dem Germanen nicht, der Ruhm gedeiht beſſer unter Kampf und Gefahr, und auch jene großen Gefolgſchaften kann nur Gewalt und Krieg zuſammenhalten. Die Freigebigkeit des Häuptlings iſt es, welche jene germaniſchen Schlachtroſſe, jene blutigen ſiegreichen Speere ins Feld treibt.

Den Sold nemlich erſetzen dieſen Gefolgſchaften Schmauſereien und reiche, wenn auch ungeſchlachte Gelage, und zu ſolchem Aufwand muß Krieg und Raub die Mittel ſchaffen. Seinen Boden zu pflügen, den Ertrag des Jahres abzuwarten — dazu möchte der Germane ſich ſchwerer entſchließen als den Feind zu fordern und ſich Wunden zu holen. Faulheit, ja Feigheit heißt es bei ihm, wer im Schweiß ſeines Angeſichtes ſich erwirbt, was er mit ſeinem Blute gewinnen kann.

nationes, quae tum bellum aliquod gerunt, quia et ingrata genti quies, et facilius inter ancipitia clarescunt, magnumque comitatum non nisi vi belloque tueare. Exigunt enim principis sui liberalitate illum bellatorem equum, illam cruentam victricemque frameam. Nam epulae et, quamquam incompti, largi tamen apparatus pro stipendio cedunt; materia munificentiae per bella et raptus. Nec arare terram aut expectare annum tam facile persuaseris quam vocare hostem et volnera mereri; pigrum quin immo et iners videtur sudore acquirere, quod possis sanguine parare.

Im Frieden.

Liegt er nicht zu Feld, so gehören seine Tage dem Waidwerk, noch mehr aber dem geliebten Nichtsthun, dem Schlafen, Essen und Trinken. In thatenloser Ruhe liegen diese tapfern kriegerischen Leute, die Sorge für Haus und Herd und Feld ist den Weibern und Alten und jedem Schwächling der Familie überlassen, die Männer sehen müßig zu. Wundersamer Widerspruch der Natur, welche in diesen Menschen den Widerwillen gegen die Unthätig= keit mit der Leidenschaft des Nichts= thuns vereint hat!

Nach Landessitte bringt jeder Bür= ger seinem Häuptling eine freiwillige Steuer in Vieh oder Frucht; was dieser als Ehrengabe entgegennimmt, dient zugleich zur Bestreitung seines Aufwandes. Vor allem willkommen sind Geschenke benachbarter Staaten, wie solche nicht nur von Einzelnen, sondern auch im Namen der Gesammt= heit überreicht werden — edle Rosse, gewaltige Waffenstücke, Pferdegeschirr

Caput XV.

Quoties bella non ineunt, multum vena-tibus, plus per otium transigunt dediti somno ciboque; for-tissimus quisque ac bellicosissimus nihil agens, delegata domus et penatium et agro-rum cura feminis senibusque et infir-missimo cuique ex familia: ipsi hebent, mira diversitate na-turae, cum iidem homines sic ament inertiam et oderint quietem. Mos est civitatibus ultro ac viritim conferre prin-cipibus vel armen-torum vel frugum, quod pro honore ac-ceptum etiam neces-sitatibus subvenit. Gaudent praecipue finitimarum gentium donis, quae non modo a singulis sed publice mittuntur, electi equi, und Halsketten. Neuerdings haben sie von uns gelernt auch Geld anzunehmen.

Wohnung.

Daß die Völker germanischen Stammes keine Städte haben, ja überhaupt zusammenhängenden Wohnsitzen abhold sind, ist allbekannt. Jeder wohnt für sich und von den Nachbarn entfernt, wie gerade ein Quell, ein Feld, ein Gehölz zur Sieblung ladet. Der germanische Weiler bildet nicht die geschlossenen Häuserreihen des römischen Dorfes; jeder stellt sein Haus nach allen Seiten frei, vielleicht zum Schutz gegen Feuersgefahr, vielleicht weil man es überhaupt nicht besser versteht. Sogar Steinbau und Ziegeldach sind unbekannt; alles ist von Holz, plump und ohne Rücksicht auf Auge und Schönheit. Nur werden einzelne Theile des Baus mit einer feinen glänzenden Lehmart übertüncht und erinnern so einigermaßen an Malerei und Farbenornamentik.

magna arma, phalerae torquesque: iam et pecuniam accipere docuimus.

Caput XVI.

Nullas Germanorum populis urbes habitari satis notum est; ne pati quidem inter se iunctas sedes; colunt discreti ac diversi, ut fons, ut campus, ut nemus placuit. Vicos locant, non in nostrum morem connexis et cohaerentibus aedificiis; suam quisque domum spatio circumdat, sive adversus casus ignis remedium sive inscitia aedificandi. Ne caementorum quidem apud illos aut tegularum usus; materia ad omnia utuntur, informi et citra speciem aut delectationem; quaedam loca

Auch unterirdische Höhlen graben sie sich, belasten die Wölbung noch mit einer dichten Dungschichte und schaffen sich so eine Zuflucht für den Winter und einen Bergungsort für Lebensmittel. Ein solcher Bau macht die Strenge der Winterkälte erträglicher. Fällt aber der Feind ins Land, so plündert er doch nur was offen da liegt, jene in der Tiefe verborgenen Schätze kennt er entweder nicht oder sie entgehen ihm, weil er sie vorher suchen müßte.

diligentius illinunt terra ita pura ac splendente, ut picturam ac lineamenta colorum imitetur. Solent et subterraneos specus aperire, eosque multo insuper fimo onerant, suffugium hiemi et receptaculum frugibus, quia rigorem frigorum eiusmodi locis molliunt, et si quando hostis advenit, aperta populatur, abdita autem et defossa aut ignorantur aut eo ipso fallunt, quod quaerenda sunt.

Kleidung.

Allgemeine Volkstracht ist eine Art Mantel, den eine Spange, in deren Ermanglung ein Dorn zusammenhält. So liegen sie, ohne weitere Gewandung, tagelang am Herdfeuer. Nur sehr Wohlhabende zeichnen sich durch eine eigentliche Kleidung aus, die aber nicht, wie die sarmatische und persische, weitfaltig, sondern im Gegentheil engan-

Caput XVII.

Tegumen omnibus sagum fibula aut, si desit, spina consertum; cetera intecti totos dies iuxta focum atque ignem agunt. Locupletissimi veste distinguuntur non fluitante, sicut Sarmatae ac Parthi, sed stricta et

schließend ist und jedes Glied hervor=
treten läßt. Auch Thierfelle werden
getragen; in der Nähe des Rheins
ohne viel Umstände, weiter im Innern
mit mehr Sorgfalt, weil kein Han=
delsverkehr sonstige Putzwaren dort=
hin führt. Der Binnenländer ist daher
mit den verschiedenen Thierarten wäh=
lerisch und verbrämt deren Felle noch
mit dem Buntwerk gewisser Thiere,
das vom nordöstlichen Ozean und un=
bekannten Gestaden kommt.

Die weibliche Tracht unterscheidet
sich von der männlichen nur in sofern
als bei den Frauen leinene, durch
Purpurroth gehobene Gewänder häu=
figer sind. Diese Kleider haben keine
Aermel, Unter= und Oberarm sind
bloß und auch ein Theil der Brust
bleibt unbedeckt.

Die Ehe.

Aber — die eheliche Sitte ist streng
und sie bildet wohl die achtungswer=

singulos artus expri-
mente. Gerunt et fe-
rarum pelles, proxi-
mi ripae neglegenter,
ulteriores exquisi-
tius, ut quibus nullus
per commercia cul-
tus; eligunt feras et
detracta velamina
spargunt maculis pel-
libusque beluarum,
quas exterior Ocea-
nus atque ignotum
mare gignit. Nec
alius feminis quam
viris habitus, nisi
quod feminae saepius
lineis amictibus ve-
lantur eosque pur-
pura variant partem-
que vestitus superio-
ris in manicas non
extendunt, nudae
brachia ac lacertos;
sed et proxima pars
pectoris patet.

Caput XVIII.

Quanquam severa
illic matrimonia, nec

theſte Seite germaniſcher Zuſtände. Die Germanen ſind faſt das einzige Bar=barenvolk welches ſich mit Einem Weibe begnügt. Ausnahmen ſind ſehr ſelten und auch dann liegt nicht die Sinn=lichkeit zu Grunde, ſondern es iſt die hohe Stellung eines Mannes welche ihn zum Gegenſtand mehrfältiger Werbung macht.

Die Morgengabe bringt nicht das Weib dem Manne, ſondern dem Weibe der Mann. Bei der Ueberreichung fin=den ſich Eltern und Verwandte ein und muſtern die Geſchenke. Geſchenke — aber nicht weibliche Luxusdinge oder Schmuckſachen für die Neuvermählte, ſondern Rinder und ein gezäumtes Roß und ein Schild mit Schwert und Speer. Gegen dieſe Gaben wird die Frau dem Manne zutheil, dem ſie ſelbſt ihrerſeits einige Waffen zubringt. Dieſe Dinge gelten als das feſteſte Band, als das heilige Geheimniß, als die Schirmgötter der Ehe. Das Weib ſoll nicht wähnen, daß ſie außerhalb der männlichen Gedankenwelt, außer=

ullam morum partem magis laudaveris; nam prope soli bar-barorum singulis uxoribus contenti sunt, exceptis admo-dum paucis, qui non libidine sed ob nobi-litatem plurimis nu-ptiis ambiuntur. Do-tem non uxor marito, sed uxori maritus offert; intersunt pa-rentes et propinqui ac munera probant; munera non ad deli-cias muliebres quae-sita, nec quibus nova nupta comatur, sed boves et frenatum equum et scutum cum framea gladioque. In haec munera uxor accipitur, atque in vicem ipsa armorum aliquid viro affert; hoc maximum vin-culum, haec arcana sacra, hos coniugales deos arbitrantur. Ne se mulier extra virhalb der kriegerischen Ereignisse stehe. Darum wird sie schon auf der Schwelle des Eheſtands belehrt, daß ſie eintritt als Genoſſin von Mühſal und Gefahr, im Frieden und im Kriege mit dem Manne zu dulden und zu wagen. Alſo verkünden ihr die gejoch= ten Rinder, das gezäumte Roß, die dargebrachten Waffen; ſo muß ſie leben, ſo muß ſie ſterben; was ſie heut em= pfängt, das ſoll ſie unentweiht und in Ehren dereinſt ihren Söhnen über= geben, von dieſen ſollen es ihre Schwiegertöchter entgegennehmen, ihre Enkel es erben.

So lebt die Frau im Kreiſe keuſcher Sitte dahin, nicht verderbt vom Sin= nenreiz eines Theaters, vom Taumel der Gelage. Von den Heimlichkeiten eines brieflichen Verkehrs weiß weder Mann noch Weib. Ehebruch ist unter dieſem doch ſo zahlreichen Volke ein äußerſt

tutum cogitationes extraque bellorum casus putet, ipsis incipientis matrimonii auspiciis admonetur venire se laborum periculorumque sociam, idem in pace, idem in praelio passuram ausuramque; hoc iuncti boves, hoc paratus equus, hoc data arma denuntiant; sic vivendum, sic pereundum; accipere se quae liberis inviolata ac digna reddat, quae nurus accipiantrursus, quae adnepotesreferantur.

Caput XIX.

Ergo septa pudicitia agunt, nullis spectaculorumillecebris, nullis conviviorum irritationibus corruptae.. Literarum secreta viri pariter ac feminae ignorant.

seltener Fall, und die Strafe, dem Mann überlassen, folgt dem Vergehen auf dem Fuß. Mit abgeschnittenen Haaren, kleiderlos, in Gegenwart der Verwandtschaft jagt der Gatte die Schuldige zum Hause hinaus und peitscht sie das ganze Dorf entlang. Für entweihte Keuschheit gibt es keine Gnade; nicht Schönheit noch Jugend noch Reichthum schafft ihr einen Gatten. Da freilich lacht man nicht über das Laster und mit den Schlechten schlecht zu sein heißt man nicht den Geist der Zeit. Besser wenigstens steht es bis jetzt noch mit einem Lande wo nur die Jungfrau sich vermählt, wo mit der Hoffnung und dem Gelübde der Gattin das Leben für immer abgeschlossen liegt. Einmal nur, gleichwie sie Leib und Leben nur einmal empfieng, so hat sie den Gatten empfangen, auf daß über ihn hinaus fortan kein Gedanke gehe, kein Gelüste sich verirre, auf daß sie gleichsam in dem Gatten nicht den Gatten, sondern die Ehe liebe.

Paucissima in tam numerosa gente adulteria; quorum poena praesens et maritis permissa: accisis crinibus, nudatam coram propinquis expellit domo maritus, ac per omnem vicum verbere agit. Publicatae enim pudicitiae nulla venia; non forma, non aetate, non opibus maritum invenerit; nemo enim illic vitia ridet, nec corrumpere et corrumpi saeculum vocatur. Melius quidem adhuc eae civitates, in quibus tantum virgines nubunt et cum spe votoque uxoris semel transigitur; sic unum accipiunt maritum, quomodo unum corpus unamque vitam, ne ulla cogitatio ultra, ne longior cupiditas, ne tanquam maritum sed

Der Kinderzahl eine willkürliche Schranke zu setzen oder ein nachgeborenes zu tödten gilt als Verruchtheit, und die gute Sitte wirkt dort mehr als anderswo gute Gesetze.

tanquam matrimonium ament. Numerum liberorum finire aut quemquam ex agnatis necare flagitium habetur; plus-

que ibi boni mores valent quam alibi bonae leges.

Die Familie.

So wächst, Haus für Haus, nackt und dürftig die Jugend heran zu jenem Gliederbau, zu jenen Riesengestalten, an denen wir staunend hinaufschauen. Seiner eigenen Mutter Brust hat jeden ernährt, keiner Magd- und Ammenwirthschaft verfällt das Kind. Das edelgeborene sondert keine feinere Pflege vom uneblen; auf dem gleichen Boden kriechen beide zwischen den Thieren des Hauses umher, bis das Alter den Freigeborenen scheidet, der männliche Werth ihn adelt. Spät erst kostet der Jüngling die Liebe, und darum auch seine unerschöpfliche Manneskraft.

Auch mit den Mädchen übereilt man sich nicht. Ihre Jugend ist die gleiche,

Caput XX.

In omni domo nudi ac sordidi in hos artus, in haec corpora, quae miramur, excrescunt. Sua quemque mater uberibus alit, nec ancillis ac nutricibus delegantur. Dominum ac servum nullis educationis deliciis dignoscas: inter eadem pecora, in eadem humo degunt, donec aetas separet ingenuos, virtus agnoscat. Sera iuvenum venus, eoque inexhausta pubertas. Nec virgines festinantur; eadem iuventa,

und faſt auch ihr Wuchs. In ebenbür=
tiger Kraft finden ſich Jüngling und
Jungfrau, und die Stärke der Eltern
ſpiegelt ſich in den Kindern.

Die Söhne der Schweſter ſtehen
dem Oheim ſo nahe wie ihrem eigenen
Vater. Manche halten ſogar dieſes
Band der Verwandtſchaft für das
heiligere und engere und nehmen daher
lieber den Neffen zum Geiſel; ein
ſolcher, glauben ſie, ſei eine feſtere Bürg=
ſchaft für die Gewiſſen und eine um=
faſſendere für den Kreis der betrof=
fenen Familie. Erben und Nachfolger
jedoch bleiben die eigenen Kinder und
ein Teſtament bedarf es nicht. Sind
keine Kinder da, ſo folgen als die
nächſten im Beſitzrecht die Brüder und
die Oheime von väterlicher und mütter=
licher Seite. Je größer die Verwandt=
ſchaft, je weiter der Kreis der Ver=
ſchwägerung, deſto freundlicher geſtaltet
ſich das Alter; die Kinderloſigkeit hat
ihren Lohn dahin.

similis proceritas;
pares validaeque mi-
scentur, ac robora pa-
rentum liberi refe-
runt. Sororum filiis
idem apud avuncu-
lum qui ad patrem
honor; quidam san-
ctiorem artioremque
hunc nexum sangui-
nis arbitrantur, et in
accipiendis obsidibus
magis exigunt, tan-
quam ii et animum
firmius et domum la-
tius teneant. Heredes
tamen successoresque
sui cuique liberi, et
nullum testamentum;
si liberi non sunt,
proximus gradus in
possessione fratres,
patrui, avunculi.
Quanto plus propin-
quorum, quo maior
affinium numerus,
tanto gratiosior se-
nectus, nec ulla or-
bitatis pretia.

Fehden. Gaftfreundschaft.

Auch in die Fehden seines Vaters
oder eines Verwandten muß der Nach=
folger als Erbe eintreten, so gut wie
in die freundschaftlichen Verbindungen.
Doch brauchen die ersteren nicht un=
versöhnlich fortzuerben; selbst Todt=
schlag kann durch eine bestimmte Anzahl
großen oder kleinen Viehs gesühnt
werden, und die Buße gilt für das
ganze Haus des Geschädigten. Dem
Gemeinwesen kommt diese Sitte zu
gut, denn Privatfehden sind bei solcher
Freiheit doppelt gefährlich.

Für gesellige Gelage und gastliches
Leben hegt kein anderes Volk so
unbeschränkte Leidenschaft. Einen Men=
schen, er sei wer er wolle, von seiner
Schwelle zu weisen, wäre Missethat.
Je nach Vermögen tischt jeder dem
Fremden sein Bestes auf. Ist der Vor=
rath zu Ende, so macht der Wirth
den Wegweiser zu einer neuen Her=
berge; er geht selbst mit und unge=
laden treten beide in das Nachbar=
haus, unterschiedslos werden beide mit

Caput XXI.

Suscipere tam ini-
micitias seu patris
seu propinqui quam
amicitias necesse est.
Nec implacabiles du-
rant; luitur enim
etiam homicidium
certo armentorum ac
pecorum numero, re-
cipitque satisfactio-
nem universa domus,
utiliter in publicum,
quia periculosiores
sunt inimicitiae iuxta
libertatem. Convi-
ctibus et hospitiis non
alia gens effusius in-
dulget. Quemcunque
mortalium arcere
tecto nefas habetur;
pro fortuna quisque
apparatis epulis ex-
cipit; cum defecere,
qui modo hospes fu-
erat, monstrator ho-
spitii et comes; proxi-
mam domum non in-
vitati adeunt; nec in-
terest, pari humani-
tate accipiuntur; no-

der gleichen Freundlichkeit begrüßt; ob bekannt oder unbekannt, darnach fragt in Sachen des Gastrechts kein Mensch. Beim Abschiede gehört es sich, dem Gaste zu bewilligen was er etwa sich ausbittet, und der Wirth macht seiner= seits ebensowenig Umstände; solche Ge= schenke machen ihnen Vergnügen. Aber was einer gibt, das rechnet er nicht an, was er empfängt, das verpflichtet ihn nicht. Das ganze Verhältniß zwischen Wirthen und Gästen ist ein herzliches.

Lebensweise. Gelage. Nahrung.
Kapitel 22—23.

Vom Schlaf weg, der gewöhnlich tief in den Tag hinein dauert, wird gebadet; meist warm, wie natürlich in einem so vorherrschend winterlichen Klima. Auf das Bad folgt ein Imbiß; jeder hat seinen besonderen Sitz und seinen eigenen Tisch. Sodann geht es an die Geschäfte oder auch, ebenso häufig, zum Gelage, stets mit den Waffen. Tage und Nächte durchzu= zechen hat durchaus nichts Anstößiges. Natürliche Folge solcher Trunksucht

tum ignotumque, quantum ad ius hospitis, nemo discernit. Abeunti, si quid poposcerit, concedere moris; et poscendi in vicem eadem facilitas; gaudent muneribus, sed nec data imputant nec acceptis obligantur. Victus inter hospites comis.

Caput XXII.

Statim e somno, quem plerumque in diem extrahunt, lavantur, saepius calida, ut apud quos plurimum hiems occupat; lauti cibum capiunt. Separatae singulis sedes et sua cuique mensa. Tum ad negotia nec minus saepe ad convivia procedunt, armati; diem noctemque continusind häufige Händel, und selten bleibt es bei Worten, meistens endet es mit Todtschlag und Wunden. Aber auch Versöhnung von Feindschaften, Anknüpfung verwandtschaftlicher Bande, Wahl der Häuptlinge, sogar Krieg und Friede werden gewöhnlich beim Trunke berathen, als sei, möchte man meinen, nur zu solcher Stunde die Seele fähig sich einem einfachen Gedanken zu erschließen, für einen großen sich zu erwärmen. Da ist noch ein Volk ohne Arglist und Verschlagenheit, das in ungezwungenem Scherze die Geheimnisse seiner Brust erschließt. So liegt denn eines jeden Meinung heute nackt und offen, morgen wird sie noch einmal durchgeprüft, und beides, das Gestern und das Heute, kommt zu seinem Rechte: sie berathen wo sie nicht zu heucheln vermögen, sie beschließen wo sie nicht irren können.

are potando nulli probrum. Crebrae ut inter vinolentos rixae raro conviciis, saepius caede et volneribus transiguntur. Sed et de reconciliandis in vicem inimicis et iungendis affinitatibus et asciscendis principibus, de pace denique ac bello plerumque in conviviis consultant, tanquam nullo magis tempore aut ad simplices cogitationes pateat animus aut ad magnas incalescat; gens non astuta nec callida aperit adhuc secreta pectoris licentia ioci. Ergo detecta et nuda omnium mens postera die retractatur, et salva utriusque temporis ratio est: deliberant, dum fingere nesciunt, constituunt, dum errare non possunt.

Ihr Getränke bereiten sie aus Gerste oder Weizen, ein Gebräu das einigermaßen Aehnlichkeit mit geringem Weine hat. Die nächsten Anwohner des Rheins kaufen auch den Wein selbst. Die Speisen sind einfach, wildes Obst, frisches Wildbret oder saure Milch; ohne Aufwand, ohne Leckerbissen begnügen sie sich den Hunger zu stillen. Dem Durste gegenüber bleibt ihre Mäßigkeit nicht die gleiche; wer hier den Germanen an seiner Schwäche faßt, ihm zu trinken schafft soviel sein Herz begehrt, der wird ihn künftig ebenso leicht durch seine eigenen Laster als durch Waffengewalt überwinden.

Spiel und Spielwuth.

Von theatralischen Darstellungen ist nur eine einzige bekannt die sich bei jeder geselligen Vereinigung gleich bleibt. Junge Leute, denen die Sache Freude macht, tummeln sich nackt zwischen Schwertern und drohenden Speeren umher. Uebung führt zur

Caput XXIII.

Potui humor ex hordeo aut frumento in quandam similitudinem vini corruptus: proximi ripae et vinum mercantur. Cibi simplices; agrestia poma, recens fera aut lac concretum; sine apparatu, sine blandimentis expellunt famem; adversus sitim non eadem temperantia; si indulseris ebrietati, suggerendo quantum concupiscunt, haud minus facile vitiis quam armis vincentur.

Caput XXIV.

Genus spectaculorum unum atque in omni coetu idem: nudi iuvenes, quibus id ludicrum est, inter gladios se atque infestas frameas saltu iaciunt, — exercitatio artem paravit, ars decorem

Gewandtheit, die Gewandtheit zur Anmuth. Von Gewerb oder Bezahlung ist keine Rede, es wäre denn das Vergnügen der Zuschauer, welches die verwegenen Springer lohnt.

Wohl aber mag ihr Würfelspielen auffallen. Bei nüchternem Kopf, in geschäftsmäßigem Ernst treiben sie es mit solch toller Leidenschaft für Gewinn und Verlust, daß, wenn alles verloren ist, Freiheit und Person auf den letzten verzweifelten Wurf gesetzt wird. Der Verlierende fügt sich freiwillig der Knechtschaft; er selbst vielleicht der Jüngere, Stärkere läßt sich geduldig binden und verkaufen. Das ist Charakterfestigkeit in verwerflicher Sache; sie selbst nennen es Ehre. Einen also gewonnenen Sklaven schafft übrigens sein Herr selbst auf dem Verkaufswege fort, um der Beschämung über seinen Sieg ledig zu werden.

Sklaven und Freigelassene.

Im übrigen ist die Stellung der Sklaven eine andere als bei uns, wo

— non in quaestum tamen aut mercedem, quamvis audacis lasciviae pretium est voluptas spectantium. Aleam, quod mirere, sobrii inter seria exercent, tanta lucrandi perdendive temeritate, ut, cum omnia defecerunt, extremo ac novissimo iactu de libertate ac de corpore contendant. Victus voluntariam servitutem adit; quamvis iuvenior, quamvis robustior, alligari se ac venire patitur; ea est in re prava pervicacia; ipsi fidem vocant. Servos condicionis huius per commercia tradunt, ut se quoque pudore victoriae exsolvant.

Caput XXV.

Ceteris servis non in nostrum morem

die einzelnen Geschäfte unter das Ge=
sinde förmlich vertheilt sind. Dort sitzt
jeder auf seinem besonderen Heimwesen,
am eigenen Herde. Der Herr legt ihm
nur, wie in unserem Pachtverhältniß,
eine bestimmte Leistung an Getreide,
Vieh oder Gewand auf und darauf be=
schränkt sich die Pflicht des Hörigen.
Die sonstigen Geschäfte des Herren=
hauses besorgen Weib und Kinder.
Daß der Sklave gepeitscht, in Fesseln
gelegt, mit Zwangsarbeiten bestraft
wird, ist ein seltener Fall; häufiger ist
Tödtung durch den Herrn, nicht als
Strafe oder Maßregel der Strenge,
sondern als eine That der Leidenschaft
und des Jähzorns; wie man etwa
seinen Feind erschlägt, mit dem Unter=
schiede, daß auf ersterem keine Strafe
steht.

Der Freigelassene steht nicht viel
höher als der Sklave; selten übt er
einigen Einfluß im Hause, niemals im
öffentlichen Leben. Einzige Ausnahme
bilden die monarchisch regierten Staaten,
wo der Freigelassene über den Frei=

descriptis per fami-
liam ministeriis
utuntur; suam quis-
que sedem, suos pe-
nates regit; frumenti
modum dominus aut
pecoris aut vestis ut
colono iniungit. Et
servus hactenus pa-
ret; cetera domus
officia uxor ac liberi
exsequuntur. Ver-
berare servum ac vin-
culis et opere coer-
cere rarum: occidere
solent, non disciplina
et severitate, sed im-
petu et ira, ut ini-
micum, nisi quod im-
pune est. Liberti
non multum supra
servos sunt, raro ali-
quod momentum in
domo, nunquam in
civitate, exceptis
duntaxat iis gentibus
quae regnantur; ibi
enim et super inge-
nuos et super nobiles
ascendunt; apud ce-
teros impares liber-

geborenen und sogar über den Adelichen sich erheben kann. Bei den anderen Stämmen gibt die untergeordnete Stellung des Freigelassenen Zeugniß von der freien Volksverfassung.

Ackerbau.

Geldgeschäft und Wucherzins sind unbekannte Dinge, und darum gewissenhafter gemieden, als wenn sie gesetzlich verboten wären.

Die Feldmarkung, je nach der Anzahl der Bebauer größer oder kleiner, gehört der ganzen Gemeinde als Gesammtbesitz und diese vertheilt die Grundstücke unter ihre Mitglieder nach Maßgabe des Ranges. Die Möglichkeit dieses Verfahrens liegt in der großen Ausdehnung der Markungen. In der Bebauung wechselt man alljährlich das Feld, wobei immer noch ein Theil desselben frei bleibt. In den Wettkampf mit der Ertragfähigkeit und Ausdehnung des Bodens seine Arbeit einzusetzen, Obstpflanzungen anzulegen, Wiesland auszuscheiden, einen Garten zu bewässern, versteht der Germane

tini libertatis argumentum sunt.

Caput XXVI.

Fenus agitare et in usuras extendere ignotum, ideoque magis servatur, quam si vetitum esset. Agri pro numero cultorum ab universis vicis occupantur, quos mox inter se secundum dignationem partiuntur; facilitatem partiendi camporum spatia praestant. Arva per annos mutant. Et superest ager; nec enim cum ubertate et amplitudine soli labore contendunt, ut pomaria conserant et prata separent et hortos rigent; sola terrae seges imperatur. Unde annum quoque nicht; nur seine Aussaat an Getreide soll ihm die Erde leisten. Daher theilt sich ihm auch das Jahr nicht in unsere vier Zeiten; von Winter, Frühling und Sommer hat er einen Begriff und hat die Worte dafür, vom Herbste kennt er einen Namen so wenig als seinen Segen.

Begräbniß.

Von dem eitlen Prunk der Leichenbegängnisse weiß man nichts; nur bei hervorragenden Männern verlangt die Sitte bestimmte Holzarten für die Verbrennung der Leiche. Teppiche und Rauchwerk werden nicht an den Holzstoß verschwendet; nur die Waffenrüstung, zuweilen auch das Streitroß wird mit verbrannt. Ueber dem Grabe wölbt sich ein Rasenhügel; in dem kunst- und mühevollen Stolz der Monumente sieht der Germane nur eine Last für den Todten. Den Thränen und der Klage gönnt er kurze, dem Schmerz und der Wehmuth eine lange Frist. Dem Weibe geziemt die Trauer, dem Manne die Erinnerung.

ipsum non in totidem digerunt species: hiems et ver et aestas intellectum ac vocabula habent; autumni perinde nomen ac bona ignorantur.

Caput XXVII.

Funerum nulla ambitio; id solum observatur, ut corpora clarorum virorum certis lignis crementur. Struem rogi nec vestibus nec odoribus cumulant; sua cuique arma, quorundam igni et equus adiicitur. Sepulcrum caespes erigit; monumentorum arduum et operosum honorem ut gravem defunctis aspernantur. Lamenta ac lacrimas cito, dolorem et tristitiam tarde ponunt; feminis lugere honestum est, viris meminisse.

Das ist es, was ich im allgemeinen über Ursprung und Zustände des germanischen Gesammtvolkes gefunden. Im nachfolgenden sollen Brauch und Sitte der einzelnen Stämme in ihren unterscheidenden Zügen, sowie die germanischen Einwanderungen nach Gallien dargestellt werden.

Haec in commune de omnium Germanorum origine ac moribus accepimus; nunc singularum gentium institutaritusque quatenus differant, quae nationes e Germania in Gallias commigraverint, expediam.

II. Die einzelnen Völkerschaften Germaniens.
Kapitel 28—46.

Einwanderungen.

Daß Gallien vor Zeiten ein mächtigerer Staat gewesen, sagt uns der beste Gewährsmann, der erlauchte Julius, und darum ist es wohl glaublich, daß auch gallische Wanderungen nach Germanien stattgefunden haben. Denn welch schwache Schranke bot ein Strom, wenn der oder jener Stamm auf der Höhe seiner Machtentfaltung erobernd seine Heimat wechseln wollte, wo die Lande noch herrenlos und durch keine monarchischen Mächte geregelt lagen? Demgemäß haben sich denn wirk=

Caput XXVIII.

Validiores olim Gallorum res fuisse summus auctorum divus Iulius tradit; eoque credibile est etiam Gallos in Germaniam transgressos: quantulum enim amnis obstabat quo minus, ut quaeque gens evaluerat, occuparet permutaretque sedes promiscuas adhuc et nulla regnorum potentia divisas? Igitur inter Hercylich zwischen dem hercynischen Walde, dem Rhein und dem Main die Hel= vetier, weiter ostwärts die Bojer niedergelassen, beides gallische Stämme. Noch heute lebt der Name Bohemum und redet von der einstigen Geschichte des Landes, obgleich dieses seine Be= wohner gewechselt hat.

Ob aber die Aravisker von den Osen als einem germanischen Volk aus in Pannonien eingewandert, oder die Osen von den Araviskern aus in Germanien, beide Völker in Sprache, Brauch und Sitte noch heute gleich — dies bleibt darum unentschieden, weil beide dereinst auch an Armut und Frei= heit gleich auf beiden Ufern der Donau dieselben Vortheile wie Nachtheile finden mußten. Der Treverer und Ner= vier macht seinen Anspruch auf ger= manische Rasse sogar mit Eifersucht geltend, als sollte der Ruhm dieser Blutsverwandtschaft seine Aehnlichkeit mit dem schlaffen Gallier aufheben.

Dem eigentlichen Rheinufer entlang wohnen zweifellos germanische Völker,

niam silvam Rhe- numque et Moenum amnes Helvetii, ulte- riora Boii, Gallica utraque gens, tenu- ere. Manet adhuc Bohemi nomen, si- gnatque loci veterem memoriam, quamvis mutatis cultoribus. Sed utrum Aravisci in Pannoniam ab Osis Germanorum na- tione, an Osi ab Ara- viscis in Germaniam commigraverint, cum eodem adhuc sermo- ne, institutis, moribus utantur, incertum est, quia pari olim inopia ac libertate eadem utriusque ri- pae bona malaque erant. Treveri et Nervii circa affecta- tionem Germanicae originis ultro ambi- tiosi sunt, tanquam per hanc gloriam sanguinis a similitu- dine et inertia Galdie Vangionen, Triboken und Nemeter. Selbst die Ubier, obwohl sie zur römischen Colonie sich aufgeschwungen und sich lieber nach dem Namen ihrer Stifterin Agrippina nennen hören, schämen sich nicht ihres Ursprungs als germanischer Stamm, der schon vor Alters den Rhein überschritt und zum Lohn erprobter Treue unmittelbar am Strome sich ansiedeln durfte, als Grenzwächter, nicht als Bewachter.

lorum separentur. Ipsam Rheni ripam haud dubie Germanorum populi colunt, Vangiones, Triboci, Nemetes. Ne Ubii quidem, quanquam Romana colonia esse meruerint ac libentius Agrippinenses conditoris sui nomine vocentur, origine erubescunt, transgressi olim et experimento fidei super ipsam Rheni ripam collocati, ut arcerent, non ut custodirentur.

Bataver. Mattiaken. Decumaten.

All diesen Stämmen an Tapferkeit voran bewohnen die Bataver vom Rheinufer nur einen kleinen Strich, wohl aber das ganze rheinische Inselland. Vordem ein Glied des Chattenvolkes sind sie in Folge innerer Zwistigkeiten in ihre jetzigen Wohnsitze eingewandert, um allda dem römischen Herrschaftsbanne zu verfallen. Eine geachtete Stellung und der Ehrenrang alter Bundesgenossen ist ihnen geblieben;

Caput XXIX.

Omnium harum gentium virtute praecipui Batavi non multum ex ripa, sed insulam Rheni amnis colunt, Chattorum quondam populus et seditione domestica in eas sedes transgressus, in quibus pars Romani imperii fierent. Manet honos et antiquae societatis nicht Zoll und Zins entwürdigt, kein Steuerpächter ruinirt sie; von Frohnen und Lasten frei, nur dem Dienste der Walstatt vorbehalten, stehn sie einem Arsenal von Wehr und Waffen gleich im Hintergrund.

Aehnlich ist das Abhängigkeitsverhältniß des M a t t i a k e n stammes. Die Herrschergröße des römischen Volkes hat die Ehrfurcht vor unserem Weltreich bis über den Rheinstrom und über die alten Grenzen hinausgetragen; und so steht der Mattiake mit Heimat und Landmark auf seinem Ufer drüben, mit Gesinnung und Neigung bei uns, ganz wie der Bataver, nur daß jenem bis jetzt noch der Boden und der Himmel seiner ureigenen Heimat die Seele energischer spannt.

Nicht als germanische Völker, obgleich zwischen Rhein und Donau gelagert, kann ich die Insassen der dekumatischen Länder aufzählen. Abenteuerndes Volk aus Gallien, durch die Noth ermuthigt, hat dort einen Boden besetzt, der keinen festen Herren kannte.

insigne: nam nec publicanus atterit, nec tributis contemnuntur; exempti oneribus et collationibus et tantum in usum praeliorum sepositi velut tela atque arma bellis reservantur. Est in eodem obsequio et Mattiacorum gens; protulit enim magnitudo populi Romani ultra Rhenum ultraque veteres terminos imperii reverentiam; ita sede finibusque in sua ripa, mente animoque nobiscum agunt, cetera similes Batavis, nisi quod ipsa adhuc terrae suae solo et caelo acrius animantur. Non numeraverim inter Germaniae populos, quanquam trans Rhenum Danubiumque consederint, eos qui decumates agros exercent; levis-

Später zog man den großen Wall und schob die Truppen vor, und so bildet das Land jetzt eine Ausbuchtung des Reichs und ein Glied der Provinz.

simus quisque Gallorum et inopia audax dubiae possessionis solum occupavere; mox limite acto promotisque praesidiis sinus imperii et pars provinciae habentur.

Chatten. (Kapitel 30—31.)

Weiter nördlich wohnen die Chatten. Ihre Heimat zieht sich vom hercynischen Gebirg aus, nicht so flach und sumpfig wie andere Länder der germanischen Ebene; die Höhen verlieren sich nur allmählich und das hercynische Gebirge gibt seinen Chatten das Geleite bis in die Niederung herab.

Ein abgehärteter Menschenschlag, gedrungener Gliederbau, ein drohender Blick, energischer Muth und ein für germanisches Wesen nicht gewöhnlicher klug berechnender Sinn. Der Chatte weiß die rechten Männer als Führer zu wählen und diesen Führern zu gehorchen; er kennt Reihen und Glieder, versteht den Augenblick zu erspähen, mit einem Angriff zurückzuhalten, am Tage Disciplin zu beobachten, in der

Caput XXX.

Ultra hos Chatti initium sedis ab Hercynio saltu inchoant, non ita effusis ac palustribus locis, ut ceterae civitates in quas Germania patescit, durant; siquidem colles paulatim rarescunt, et Chattos suos saltus Hercynius prosequitur simul atque deponit. Duriora genti corpora, stricti artus, minax vultus et maior animi vigor, multum ut inter Germanos rationis ac solertiae: praeponere electos, audire praepositos, nosse ordines, intellegere occasiones,

Nacht sich zu verschanzen; er kennt des Glückes Unbestand, den sichern Werth der Tapferkeit, und — das seltenste von allem, sonst nur als Vorrecht römischer Kriegsbildung anerkannt — der Heerführer gilt ihm mehr als das Heer. Die ganze Stärke liegt im Fußvolk und dieses trägt außer den Waffen auch Schanzzeug und Lebensmittel. Andere Stämme sieht man zur Schlacht ausziehen, die Chatten in den Krieg; bloßer Streifzug und planloses Gefecht ist seltene Ausnahme. Eine Reitermacht freilich hat den Vortheil entweder der raschen siegenden Entscheidung oder des ebenso raschen Rückzugs; Schnelligkeit ist die Schwester der Furcht, langsames Handeln hängt zusammen mit ernster Besonnenheit.

Ein Brauch, welcher bei andern Völkern Germaniens nur als vereinzelter Ausbruck persönlichen Thaten=

differre impetus, disponere diem, vallare noctem, fortunam inter dubia, virtutem inter certa numerare, quodque rarissimum nec nisi Romanae disciplinae concessum, plus reponere in duce quam in exercitu. Omne robur in pedite, quem super arma ferramentis quoque et copiis onerant; alios ad praelium ire videas, Chattos ad bellum. Rari excursus et fortuita pugna; equestrium sane virium id proprium, cito parare victoriam, cito cedere; velocitas iuxta formidinem, cunctatio propior constantiae est.

Caput XXXI.

Et aliis Germanorum populis usurpatum, raro et privata cuiusque audentia, drangs sich zeigt, ist bei den Chatten zur förmlichen Volkssitte geworden. Mit dem Eintritt in die Mannbarkeit läßt der Chatte Haupt= und Barthaar wachsen und erst die Erlegung eines Feindes befreit sein Antlitz von diesem dem Dienste des Heldenthums geweihten Symbole. Ueber Feindesblut und erbeuteten Waffen enthüllt er die Stirn und jetzt erst glaubt er die Schuld des Daseins bezahlt und sich selbst des Vaterlandes und der Eltern würdig. Dem Thatlosen, dem Unkriegerischen bleibt sein struppiges Haar.

Auch einen eisernen Ring, sonst ein entehrendes Tragen, legt der chattische Kriegsheld an, gleichsam eine Fessel, aus welcher er sich durch Erlegung eines Feindes lösen muß. Gar mancher gefällt sich in solchem Aufzug und ist grau darin geworden, ein gefeierter Held auf welchen der Feind und der Landsmann mit Fingern weist. Diese Männer sind es, welche jede Schlacht eröffnen, stets in dem ersten Gliede stehen, ein wundersames Schauspiel;

apud Chattos in consensum vertit: ut primum adoleverint, crinem barbamque submittere, nec nisi hoste caeso exuere votivum obligatumque virtuti oris habitum. Super sanguinem et spolia revelant frontem, seque tum demum pretia nascendi retulisse dignosque patria ac parentibus ferunt; ignavis et imbellibus manet squalor. Fortissimus quisque ferreum insuper annulum — ignominiosum id genti — velut vinculum gestat, donec se caede hostis absolvat. Plurimis Chattorum hic placet habitus iamque canent, insignes et hostibus simul suisque monstrati; omnium penes hos initia pugnarum; haec prima semper denn auch der Friede sänftigt diese Gestalten nicht zu milderer Erscheinung. Keiner hat Haus und Hof noch sonstigen Beruf; wo er eintritt, da wird er bewirthet; ein Vergeuder von fremdem, ein Verächter von eigenem Gut, bis die Schwäche des Alters solch ehernes Heldenthum zur Entsagung zwingt.

acies, visu nova. Nam ne in pace quidem cultu mitiore mansuescunt; nam nulli domus aut ager aut aliqua cura; prout ad quemque venere, aluntur, prodigi alieni, contemptores sui, donec exsanguis senectus tam durae virtuti impares faciat.

Uſipier. Tenkterer.

Den Chatten zunächst wohnen die Uſipier und Tenkterer am Rheinstrom, welcher dort schon in feſtbeſtimmtem Bette fließend eine genügende natürliche Grenze bietet. Bei dem Tenkterer tritt zu der gewöhnlichen Kriegstüchtigkeit des Germanen eine hervorragende Reiterkunſt und der Ruhm des Chattiſchen Fußvolkes ſteht nicht über dem der Tenkteriſchen Reiterei. So war es Brauch der Väter und die Enkel bleiben ihm treu; die Reitkunſt iſt das Spiel der Kinder, der Ehrgeiz der Jünglinge, und noch die Greiſe ſitzen im Sattel. Neben Ge-

Caput XXXII.

Proximi Chattis certum iam alveo Rhenum, quique terminus esse sufficiat, Usipii et Tencteri colunt. Tencteri super solitum bellorum decus equestris disciplinae arte praecellunt; nec maior apud Chattos peditum laus quam Tencteris equitum. Sic instituere maiores, posteri imitantur; hi lusus infantium, haec iuvenum aemulatio, perseverant senes. Inter

4

finde, Haus und Hof und was sonst dem Erbrecht verfällt, gehen die Rosse ihren besonderen Erbgang; denn sie erhält nicht wie das übrige Gut der älteste, sondern der kriegsmuthigste und tüchtigste Sohn.

Brukterer. Chamaver. Angrivarier.

Zur Seite der Tenkterer hatten in früherer Zeit die Brukterer ihre Stelle; jetzt haben sich, wie berichtet wird, die Chamaver und Angrivarier dort niedergelassen. Die Brukterer wurden verdrängt und vollständig aufgerieben in Folge einer Verbindung der Nachbarstämme, sei es daß die Erbitterung über brukterschen Uebermuth oder der Reiz der Beute diese zusammengeführt, oder vielleicht auch ein uns freundlicher Wille der Götter; haben diese ja sogar das Schauspiel der Vernichtungsschlacht uns nicht mißgönnt. Ueber 60,000 sind gefallen, nicht durch des Römers Schwert und Speer, sondern, was herrlicher klingt, ihm zur Wonne und zur Augenweide. O möge

familiam et penates et iura successionum equi traduntur; excipit filius non ut cetera maximus natu, sed prout ferox bello et melior.

Caput XXXIII.

Iuxta Tencteros Bructeri olim occurrebant; nunc Chamavos et Angrivarios immigrasse narratur, pulsis Bructeris ac penitus excisis vicinarum consensu nationum, seu superbiae odio seu praedae dulcedine seu favore quodam erga nos deorum; nam ne spectaculo quidem praelii invidere. Super sexaginta milia non armis telisque Romanis, sed, quod magnificentius est, oblectationi oculisque ceciderunt. Madoch diesen Völkern bleiben, möge dauernd ihnen bleiben, wenn nicht die Freundschaft für uns, so doch der Haß unter sich, weil ja doch einmal jetzt, wo des Reiches Verhängniß hereindrängt, das Schicksal uns nichts höheres mehr zu geben vermag als die Zwietracht unserer Feinde!

Friesen u. a.

Im Rücken der Angrivarier und Chamaver schließen sich die Dulgibiner und Chasuaren an, sowie andere minder häufig genannte Völker. Vorn setzen die Friesen die Reihe fort, nach Maßgabe ihrer Macht als Groß- und Kleinfriesen unterschieden. Für beide Stämme bildet der Rheinlauf die Grenze bis zum Ozean; überdies umfaßt ihr Gebiet gewaltige Seen, die auch von römischen Flotten schon befahren worden sind. Haben wir uns dort ja mit dem Ozean selbst versucht. Auch geht eine Sage, daß in jener Gegend noch Herkulessäulen stehen; sei es daß Herkules wirklich dorthin

neat, quaeso, duretque gentibus, si non amor nostri, at certe odium sui, quando inurgentibus imperii fatis nihil iam praestare fortuna maius potest quam hostium discordiam.

Caput XXXIV.

Angrivarios et Chamavos a tergo Dulgibini et Chasuarii cludunt aliaeque gentes haud perinde memoratae; a fronte Frisii excipiunt. Maioribus minoribusque Frisiis vocabulum est ex modo virium. Utraeque nationes usque ad Oceanum Rheno praetexuntur, ambiuntque immensos insuper lacus et Romanis classibus navigatos; ipsum quin etiam Oceanum illa tentavimus; et

*

gekommen, oder daß ein gemeinsames Gefühl uns alles, was irgendwo großes erscheint, auf jenen Heldennamen zurückführen läßt. An unternehmendem Muthe hat es dem Drusus Germanicus nicht gefehlt; der Ozean selbst hat auf die vereinten Fragen nach seinen und nach des Herkules Räthseln die Antwort geweigert. Später hat niemand mehr einen Versuch gemacht; in göttlichen Dingen schien der Glaube frommer und ehrfurchtsvoller als das Wissen.

Chauken.

Bis hierher kennen wir Germanien in westlicher Ausdehnung. In gewaltigem Bogen wölbt es sich nun nach Norden hinauf. Gleich im Anfang erscheint hier das Volk der Chauken. Obgleich es an die Friesen sich anschließt und noch einen Theil der Meeresküste innehat, so zieht es doch den Grenzen aller bisher genannten Stämme sich entlang, um endlich sogar in das Gebiet

superesse adhuc Herculis columnas fama volgavit, sive adiit Hercules, seu quicquid ubique magnificum est in claritatem eius referre consensimus. Nec defuit audentia Druso Germanico, sed obstitit Oceanus in se simul atque in Herculem inquiri; mox nemo tentavit, sanctiusque ac reverentius visum de actis deorum credere quam scire.

Caput XXXV.

Hactenus in occidentem Germaniam novimus. In septentrionem ingenti flexu redit; ac primo statim Chaucorum gens, quanquam incipiat a Frisiis ac partem litoris occupet, omnium quas exposui gentium lateribus obtenditur, donec in Chatder Chatten sich einzubuchten. Und diese ganze gewaltige Ländermasse nennt der Chauke nicht nur sein, sondern er füllt sie auch aus; ein Volk, das in hohem Ansehen unter den Germanen steht und es vorzieht, seine Macht auf Gerechtigkeit zu stützen. Frei von begehrlicher Leidenschaft, von vermessener Herrschgier lebt es in stiller Abgeschlossenheit dahin, kein fremdes Volk zum Kriege reizend, keines mit Raub und Plünderung bedrängend. Und das eben ist das höchste Zeugniß für des Volkes Tüchtigkeit und Kraft, daß es seine überlegene Stellung nicht der Gewaltthat verdankt. Aber rasch ist jedem die Waffe zur Hand, und wenn die Stunde ruft, so steht das Heer bereit, Roß und Mann in gewaltiger Zahl; und auch im Frieden lebt ihr großer Name fort.

Cherusker.

An Chauken und Chatten anstoßend haben die Cherusker einen

tos usque sinuetur. Tam immensum terrarum spatium non tenent tantum Chauci sed et implent, populus inter Germanos nobilissimus, quique magnitudinem suam malit iustitia tueri. Sine cupiditate, sine impotentia, quieti secretique nulla provocant bella, nullis raptibus aut latrociniis populantur. Id praecipuum virtutis ac virium argumentum est, quod ut superiores agant non per iniurias assequuntur. Prompta tamen omnibus arma, plurimum virorum equorumque ac, si res poscat, exercitus; et quiescentibus eadem fama.

Caput XXXVI.

In latere Chaucorum Chattorumque

allzutiefen langen Friedensschlaf unangefochten hingeträumt, ein Verhalten, das mehr Bequemlichkeit als Sicherheit schafft; denn der Schlaf zwischen Uebermuth und Gewaltthat ist ein böses Ding; wo das Faustrecht gilt, da sind Uneigennützigkeit und Biedersinn die Titel des Stärkeren. So heißen die Cherusker, dereinst die braven und gerechten genannt, heutzutage Thoren und Weichlinge; dem Chatten, ihrem Ueberwinder, wird sein gutes Glück als Weisheit angerechnet. Auch das Nachbarvolk der Fosen haben die Cherusker in ihrem Sturze nachgerissen; im Glücke hatten jene das kleinere Loos gezogen, das Unglück theilen beide zu gleichen Hälften.

Cimbern.

In der obengenannten Ausbuchtung Germaniens wohnen noch, unmittelbar am Ozean, die Cimbern, heutzutag ein unbedeutender Staat, aber reich an großen Erinnerungen. Noch reichen

Cherusci nimiam ac marcentem diu pacem illacessiti nutrierunt, idque iucundius quam tutius fuit, quia inter impotentes et validos falso quiescas; ubi manu agitur, modestia ac probitas nomina superioris sunt. Ita qui olim boni aequique Cherusci, nunc inertes ac stulti vocantur; Chattis victoribus fortuna in sapientiam cessit. Tracti ruina Cheruscorum et Fosi, contermina gens; adversarum rerum ex aequo socii sunt, cum in secundis minores fuissent.

Caput XXXVII.

Eundem Germaniae sinum proximi Oceano Cimbri tenent, parva nunc civitas, sed gloria ingens. Veterisque faweithin auf beiden Rheinufern die Spuren einer ruhmvollen Vorzeit, jene riesigen Lagerplätze, deren Umfang noch heute den Maßstab gibt für jene Volks= massen und Kriegshorden, und ein Zeugniß für ihren gewaltigen Auszug.

Das Jahr 640 der Stadt Rom schrieb man, als unter den Consuln Cäcilius Metellus und Papirius Carbo zum erstenmale die cimbrischen Waffen erklangen. Rechnen wir von da bis zum zweiten Consulat des Kaisers Tiberius, so ergeben sich etwa 210 Jahre. So lange siegen wir an Ger= manien; in so langem Zeitraum so mancher Schlag und Widerschlag. Nicht der Samnite, nicht der Pöner, nicht Hispanien noch Gallien, selbst der Par= ther nicht, hat uns so oft gemahnt. Denn schneidiger als eines Arsaces Monarchenthum ist germanische Frei= heit. Oder was anderes als die Leiche des Crassus, und selbst diese mit des Pacorus Blut bezahlt, hat der Orient uns aufzuweisen wie er zu den Füßen eines Ventidius liegt! Die Germanen

mae lata vestigia manent, utraque ripa castra ac spatia, quo- rum ambitu nunc quoque metiaris mo- lem manusque gentis et tam magni exitus fidem. Sexcentesi- mum et quadragesi- mum annum urbs nostra agebat, cum primum Cimbrorum audita sunt arma Caecilio Metello ac Papirio Carbone con- sulibus; ex quo si ad alterum impera- toris Traiani consu- latum computemus, ducenti ferme et de- cem anni colliguntur; tam diu Germania vincitur. Medio tam longi aevi spatio multa in vicem dam- na; non Samnis, non Poeni, non Hispaniae Galliaeve, ne Parthi quidem saepius ad- monuere; quippe re- gno Arsacis acrior est aber haben den Carbo und Cassius, den Scaurus Aurelius und den Servilius Cäpio, sie haben den Cn. Manlius geschlagen oder gefangen, haben fünf consularische Heere dem römischen Volke, haben den Varus und mit ihm drei Legionen selbst unserem Cäsar geraubt; und nicht ungestraft hat C. Marius in Italien, hat der göttliche Julius in Gallien, hat Drusus und Nero und Germanicus auf seinem eigenen Boden den Germanen getroffen. Zuletzt noch des Cäsars Caligula gewaltiges Pochen in Hohngelächter geendet! Von dort an ward Ruhe, bis sie unsre eignen Händel und inneren Kriege benützend die Winterlager der Legionen erstürmten und selbst nach Gallien sich gelüsten ließen; sie wurden zurückgeschlagen, aber die neueste Zeit hat mehr Triumphe als Siege über sie gefeiert.

Germanorum libertas. Quid enim aliud nobis quam caedem Crassi, amisso et ipse Pacoro infra Ventidium deiectus Oriens obiecerit? At Germani Carbone et Cassio et Scauro Aurelio et Servilio Caepione, Gnaeo quoque Manlio fusis vel captis, quinque simul consularis exercitus populo Romano, Varum tresque cum eo legiones etiam Caesari abstulerunt. Nec impune Gaius Marius in Italia, divus Iulius in Gallia, Drusus ac Nero et Germanicus in suis eos sedibus perculerunt. Mox ingentes Gai Caesaris minae in ludibrium versae. Inde otium, donec occasione discordiae nostrae et civilium armorum expugnatis legionum hibernis etiam Gallias affectavere; ac rursus pulsi inde proximis temporibus triumphati magis quam victi sunt.

Die Sueven.

Nun zu den Sueven; ein Name welcher nicht wie der der Chatten oder Tenkterer ein einheitliches Volk bezeichnet. Sie haben die größere Hälfte Germaniens inne und sondern sich in verschiedene selbständige und eigens benannte Stämme, obwohl der Gesammtname Sueven ist.

Eine Eigenthümlichkeit dieser Völkergruppe ist das zurückgekämmte und in einen Knoten geschlungene Haar. Dies unterscheidet den Sueven von den andern Germanen, den suevischen Freien vom suevischen Knecht. Auch bei andern Völkerschaften, vielleicht auf Grund einer Stammesverwandtschaft, vielleicht, wie so oft, nur die nachahmende Mode, erscheint jener Brauch, jedoch nur selten und auf die Jugend beschränkt. Der Sueve aber zwängt noch als Graukopf das widerspenstige Haar zurück und selbst auf kahlem Scheitel wird oft noch dieser Schopf gebunden. Noch sorgfältiger erscheint dieser Kopfputz bei fürstlichen Personen. Es ist Eitel-

Caput XXXVIII.

Nunc de Suevis dicendum est, quorum non una ut Chattorum Tencterorumve gens; maiorem enim Germaniae partem obtinent, propriis adhuc nationibus nominibusque discreti, quanquam in commune Suevi vocentur. Insigne gentis obliquare crinem nodoque substringere; sic Suevi a ceteris Germanis, sic Suevorum ingenui a servis separantur. In aliis gentibus, seu cognatione aliqua Suevorum seu, quod saepe accidit, imitatione, rarum et intra iuventae spatium, apud Suevos usque ad canitiem horrentem capillum retro sequuntur, ac saepe in ipso solo vertice religant; principes et ornatiorem keit, aber eine unschuldige; denn nicht um Minnedienst und Minnesold handelt es sich, sondern riesengroß und furchtbar in die Schlacht zu schreiten; ein Modeschmuck ist es für das Auge des Todfeinds.

Semnonen.

Als ältesten und vornehmsten Stamm der Sueven rühmen sich die Semnonen. Der Anspruch auf hohes Alter findet seine Stütze in einem religiösen Gebrauch. Zu bestimmter Zeit vereinigen sich sämmtliche stammverwandte Völker in der Person von Abgeordneten in einem durch der Ahnen Weihe und die Schauer der Vorzeit geheiligten Wald und feiern da mit der öffentlichen Opferung eines Menschen das grauenhafte Vorspiel eines barbarischen Festes.

Noch ein andres Zeichen der Ehrfurcht gilt jenem Haine: niemand betritt ihn anders als gefesselt; eine Huldigung, welche ein untergeordnetes Wesen der Macht der Gottheit bringt.

habent. Ea cura formae, sed innoxia; neque enim compti ut ament amenturve, in altitudinem quandam et terrorem adituri bella ut hostium oculis ornantur.

Caput XXXIX.

Vetustissimos se nobilissimosque Suevorum Semnones memorant. Fides antiquitatis religione firmatur; stato tempore in silvam auguriis patrum et prisca formidine sacram omnes eiusdem sanguinis populi legationibus coeunt, caesoque publice homine celebrant barbari ritus horrenda primordia. Est et alia luco reverentia: nemo nisi vinculo ligatus ingreditur, ut minor et potestatem numinis

Fällt einer zu Boden, so darf er nicht aufstehen oder sich aufheben lassen, auf der Erde muß er sich hinauswälzen. Durch dieses ganze Treiben geht die Anschauung, daß hier die Wiege des Volkes, hier der allbeherrschende Gott, alles andere untergeordnet und abhängig sei. Bestärkt wird diese Vorstellung durch die äußeren Verhältnisse der Semnonen; in hundert Gaue theilt sich ihr Gebiet und im Bewußtsein dieses gewaltigen Ganzen betrachten sie sich als Haupt des Suevischen Stammes.

prae se ferens; si forte prolapsus est, attolli et insurgere haud licitum; per humum evolvuntur. Eoque omnis superstitio respicit, tanquam inde initia gentis, ibi regnator omnium deus, cetera subiecta atque parentia. Adiicit auctoritatem fortuna Semnonum: centum pagis habitantur, magnoque corpore efficitur, ut se Suevorum caput credant.

Longobarden u. a.

Umgekehrt ist der Ruhm der Longobarden ihre geringe Volkszahl. Von vielen und mächtigen Stämmen umgürtet finden sie nicht in Unterthänigkeit, sondern in Kampf und Wagniß ihre Sicherheit.

Es folgen die Reubigner, Avionen, Angeln, Variner, Eudosen, Suardonen und Nui-

Caput XL.

Contra Longobardos paucitas nobilitat; plurimis ac valentissimis nationibus cincti non per obsequium, sed praeliis et periclitando tuti sunt. Reudigni deinde et Aviones et Angli et Varini et Eudoses et Suarthonen, sie alle durch Wälder oder Flüsse geschützt. Sonst bemerkenswerthes findet sich bei diesen Stämmen nichts als ihre gemeinschaftliche Verehrung der Göttin Nerthus, d. h. der Mutter Erde, welche persönlich hier unten erscheinen und von Volk zu Volke fahren soll. Auf einem Eiland des Ozeans ist ein heiliger Hain und in ihm steht mit einem Tuche bedeckt ein geweihter Wagen. Nur der Priester darf ihn berühren; er auch erkennt, wenn die Göttin in ihrem Heiligthume weilt und geleitet andachtsvoll ihren von weiblichen Rindern gezogenen Wagen. Da ist dann fröhliche Zeit und Festlichkeit allerwärts wo die Göttin einzuziehen und zu verweilen geruht. Niemand zieht in den Krieg, niemand greift zum Schwert, alle Waffen sind geborgen; die einzige Zeit wo man Frieden und Ruhe kennt, die einzige wo man sie lieben lernt, bis die Göttin, des Verkehrs unter Sterblichen satt, von demselben Priester in ihr Heiligthum zurückgebracht wird. Dort wer-

dones et Nuithones fluminibus aut silvis muniuntur; nec quicquam notabile in singulis, nisi quod in commune Nerthum, id est terram matrem colunt, eamque intervenire rebus hominum, invehi populis arbitrantur. Est in insula Oceani castum nemus, dicatumque in eo vehiculum veste contectum; attingere uni sacerdoti concessum; is adesse penetrali deam intellegit, vectamque bubus feminis multa veneratione prosequitur. Laeti tunc dies, festa loca, quaecunque adventu hospitioque dignatur; non bella ineunt, non arma sumunt, clausum omne ferrum, pax et quies tunc tantum nota, tunc tantum amata, donec idem sacerdos ben Wagen und Gewand und — wer es glauben mag — die Göttin selbst in einem geheimen See gebadet. Die Gehülfen dabei sind Sklaven, welche alsbald jener See verschlingt. Darum schwebt geheimes Grauen und heiliges Dunkel um ein Wesen das der Mensch nur schauen darf um zu sterben.

satiatam conversatione mortalium deam templo reddat. Mox vehiculum et vestes et, si credere velis, numen ipsum secreto lacu abluitur; servi ministrant, quos statim idem lacus haurit. Arcanus hinc terror sanctaque ignorantia, quid sit illud quod tantum perituri vident.

Hermunduren.

Die genannten Stämme des Sueven= landes verlieren sich freilich in die unbekanntern Gegenden Germaniens. Uns näher liegt — um, wie früher dem Rhein, so jetzt der Donau zu folgen — der Staat der Hermunduren, den Römern ergeben und darum das einzige germanische Volk, mit dem wir nicht bloß von Ufer zu Ufer, sondern mitten auf unsrem Boden und in der glän= zendsten Colonie der rätischen Provinz Verkehr pflegen. Ueberall und unbe= aufsichtigt kommen sie herüber und während wir andern Völkern nur unsre

Caput XLI.

Et haec quidem pars Suevorum in secretiora Germaniae porrigitur. Propior — ut, quomodo paulo ante Rhenum, sic nunc Danubium sequar — Hermundurorum civitas, fida Romanis; eoque solis Germanorum non in ripa commercium, sed penitus atque in splendidissima Raetiae provinciae colonia. Passim et sine custode transeunt,

Waffen und Lager weisen, haben wir den Hermunduren ohne ihr Begehren unsre Häuser und Villen geöffnet. Auf ihrem Gebiet entspringt die Elbe, vorzeiten ein berühmter und wohlbekannter Strom, jetzt hört man nur noch den Namen.

Narister. Markomanen. Quaden.

An die Hermunduren schließen sich die Narister und weiterhin die Markomanen und Quaden, unter diesen allen die Markomanen hervorragend an Ruhm und Macht. Auch ihre jetzige Heimat selbst verdanken sie ihrer Tapferkeit, welche die Bojer, die ursprünglichen Einwohner, hinausgedrängt hat. Auch Narister und Quaden sind nicht aus der Art geschlagen und so bilden diese Stämme, soweit sie an der Donau sich hinziehen, eine Art Vorhut Germaniens. Den Markomanen und Quaden sind bis auf unsere Zeit herab Könige aus ihrem

et cum ceteris gentibus arma modo castraque nostra ostendamus, his domos villasque patefecimus non concupiscentibus. In Hermunduris Albis oritur, flumen inclitum et notum olim; nunc tantum auditur.

Caput XLII.

Iuxta Hermunduros Naristi ac deinde Marcomani et Quadi agunt. Praecipua Marcomanorum gloria viresque, atque ipsa etiam sedes pulsis olim Boiis virtute parta. Nec Naristi Quadive degenerant. Eaque Germaniae velut frons est, quatenus Danubio peragitur. Marcomanis Quadisque usque ad nostram memoriam reges manserunt ex gente ipsorum, nobile

eigenen Stamm geblieben, das er=
lauchte Geschlecht des Marbob und
Tudrus. Neuerdings fügen sie sich
auch ausländischen Herrschern, aber
Einfluß und Machtvollkommenheit
dieser Könige hängt von römischer
Oberhoheit ab. Selten ist es unser
Schwert, öfters unser Geld auf das
sie sich stützen, und das thut ihrer Macht keinen Eintrag.

Marobodui et Tudri
genus; iam et externos
patiuntur. Sed vis
et potentia regibus
ex auctoritate Ro-
mana; raro armis
nostris, saepius pe-
cunia iuvantur; nec
minus valent.

Der Nordosten.

Auf der Rückseite schließen sich die
Marsigner, **Gotinen**, **Osen**
und **Buren** an die Markomanen
und Quaden. Unter ihnen kennzeichnet
Sprache und Sitte die Marsigner und
Buren als Sueven; die Gotinen ver=
räth ihre gallische, die Osen ihre pan=
nonische Mundart als ungermanisch;
nicht minder die Tribute welche sie sich
gefallen lassen. Solche haben sie, als
fremde Stämme, theils den Sarmaten,
theils den Quaden zu entrichten. Um
die Schmach voll zu machen, betreiben
die Gotinen Bergbau auf Eisen. All
diese Stämme bewohnen ein Gebiet,

Caput XLIII.

Retro Marsigni,
Gotini, Osi, Buri
terga Marcomano-
rum Quadorumque
claudunt; e quibus
Marsigni et Buri ser-
mone cultuque Suevos
referunt; Gotinos
Gallica, Osos Panno-
nica lingua coarguit
non esse Germanos,
et quod tributa pa-
tiuntur; partem tri-
butorum Sarmatae,
partem Quadi ut
alienigenis impo-
nunt. Gotini, quo
magis pudeat, et fer-

das nur wenige Ebenen, sonst lauter Hochwald, Berggipfel und Höhenzüge bietet. Mitten durch das Suevenland nemlich zieht als ununterbrochene Scheidemauer ein Gebirgstamm, und in dessen Norden haust noch eine ganze Reihe von Völkern. Am weitesten unter diesen erstreckt sich das Volk der Lygier, ein Name der wieder mehrere Stämme umfaßt. Von letzteren mögen nur die bedeutendsten genannt sein, die Harier, Helvekonen, Manimer, Elisier und Nahanarvaler. Im Lande der Nahanarvaler wird ein altverehrter heiliger Hain gezeigt. Oberhaupt ist ein Priester in weiblicher Tracht, die Götter aber welche man nennt entsprechen den römischen Castor und Pollux. Damit ist das Wesen dieser Gottheit bezeichnet; ihr einheimischer Name ist Alci. Keine bildliche Darstellung, keine Spur von ausländischem Cultus, aber als Brüder, als Jünglinge werden sie verehrt.

Die Harier, den eben aufgezählten Stämmen ohnehin überlegen, sind

rum effodiunt. Omnesque hi populi pauca campestrium, ceterum saltus et vertices montium iugumque insederunt; dirimit enim scinditque Sueviam continuum montium iugum. Ultra quod plurimae gentes agunt; ex quibus latissime patet Lygiorum nomen, in plures civitates diffusum. Valentissimas nominasse sufficiet, Harios, Helveconas, Manimos, Elisios, Nahanarvalos. Apud Nahanarvalos antiquae religionis lucus ostenditur; praesidet sacerdos muliebri ornatu; sed deos interpretatione Romana Castorem Pollucemque memorant; ea vis numini, nomen Alcis. Nulla simulacra, nullum peredoppelt furchtbar, weil zur natürlichen Wildheit noch raffinirte Kunst und Berechnung tritt. Die Schilde schwarz, die Körper bemalt ersehen sie sich die bunkle Nacht zum Kampfe. Schon das Gespenstige und Schattenhafte dieser höllischen Heerschar wirft Entsetzen in den Feind und keiner vermag der überraschenden, wie aus der Unterwelt gestiegenen Erscheinung zu stehen; denn in der Schlacht ist es immer das Auge das zuerst sich überwältigen läßt.

Ueber die Lygier hinaus wohnt das Volk der Gothonen, von Königen und zwar schon etwas straffer beherrscht als die andern germanischen Stämme, doch aber noch nicht außerhalb der Linie freier Verfassung.

Weiterhin sodann, dem Ozean zu, die Rugier und Lemovier. Gemeinschaftliche Eigenthümlichkeit dieser Stämme ist der runde Schild, das kurze Schwert und — Gehorsam dem König.

grinae superstitionis vestigium; ut fratres tamen, ut iuvenes venerantur. Ceterum Harii super vires, quibus enumeratos paulo ante populos antecedunt, truces insitae feritati arte ac tempore lenocinantur: nigra scuta, tincta corpora, atras ad praelia noctes legunt, ipsaque formidine atque umbra feralis exercitus terrorem inferunt, nullo hostium sustinente novum ac velut infernum aspectum; nam primi in omnibus praeliis oculi vincuntur. Trans Lygios Gothones regnantur, paulo iam adductius quam ceterae Germanorum gentes; nondum tamen supra libertatem. Protinus deinde ab Oceano Rugii et Lemovii. Omniumque harum gentium insigne rotunda scuta, breves gladii, et erga reges obsequium.

Suionen.

Sodann die Stämme der Suionen, mitten im Ozean. Zur Macht an Mann und Waffe tritt bei ihnen die Flotte. Die Bauart der Schiffe ist nicht die unsere. Stern und Schnabel sind gleich und so bietet das landende Schiff immer die Vorderseite. Eine Leitung durch Segel gibt es nicht, auch nicht die geordneten Ruderreihen auf beiden Seiten; die Ruder sind, wie bei manchen Flußschiffen, frei und werden je nach Bedürfniß bald rechts, bald links eingesetzt.

Bei diesem Volke steht auch der äußere Besitz in Ehren, und damit die monarchische Gewalt, vor welcher keine Ausnahme mehr, kein Anspruch auf bedingten Gehorsam gilt. Auch die Waffen sind nicht, wie bei den andern Germanen, in die Hand eines jeden gegeben, sondern liegen verschlossen, und zwar unter Obhut eines Sklaven. Denn gegen die Ueberraschung feind=licher Einfälle sichert der Ozean, und eine Waffe in müßiger Hand ist leicht

Caput XLIV.

Suionum hinc civi-tates, ipso in Oceano, praeter viros arma-que classibus valent. Forma navium eo differt quod utrimque prora paratam sem-per appulsui frontem agit. Nec velis mi-nistratur, nec remos in ordinem lateribus adiungunt; solutum ut in quibusdam flu-minum et mutabile, ut res poscit, hinc vel illinc remigium. Est apud illos et opi-bus honos, eoque unus imperitat, non pre-cario iure, nullis iam exceptionibus paren-di. Nec arma ut apud ceteros Ger-manos in promiscuo, sed clausa sub custo-de, et quidem servo, quia subitos hostium incursus prohibet Oceanus, otiosae por-ro armatorum manus dem Mißbrauch) ausgesetzt. · Keinen Adelichen oder Freien, ja selbst keinen Freigelassenen als Waffenmeister zu bestellen, ist dann freilich monarchisches Interesse.

Aestier. Sitonen.

Jenseits des Suionenlandes liegt starr und fast bewegungslos noch ein anderes Meer als Saum und äußerste Zone des Erdkreises, was man darum glauben darf, weil der letzte Glanz der sinkenden Sonne sich bis zu ihrem Wiederaufgang erhält, so hell, daß er die Sterne verdunkelt. Der Volksglaube will ferner beim Auftauchen der Sonne einen Klang vernehmen, Göttergestalten und ein strahlenumgebenes Haupt erblicken. Dort steht, und die Sage hat Recht, der Grenzstein der Schöpfung.

Nun also an der Ostküste des suevischen Meeres hin, so schlägt es dort an die Gestade der A e s t i s c h e n Stämme. Ihre Sitte und äußere Erscheinung ist suevisch, die Sprache steht der britannischen näher. Sie verehren eine Götter-

facile lasciviunt. Enimvero neque nobilem neque ingenuum, ne libertinum quidem armis praeponere regia utilitas est.

Caput XLV.

Trans Suionas aliud mare, pigrum ac prope immotum, quo cingi cludique terrarum orbem hinc fides, quod extremus cadentis iam solis fulgor in ortus edurat, adeo clarus ut sidera hebetet; et sonum insuper emergentis audiri formasque deorum et radios capitis aspici persuasio adiicit. Illuc usque, et fama vera, tantum natura. Ergo iam dextro Suevici maris litore Aestiorum gentes adluuntur, quibus ritus habitusque Suevorum, lingua Britan-

*

mutter; ein äußeres religiöfes Zeichen find die Figuren von Ebern, welche fie tragen. Ein folches Bild ift Schutz und Waffe gegen alles und fchirmt den Diener der Göttin mitten im Feindes= heer. Eiferne Waffen find felten, das gewöhnliche ift eine Keule. Im An= bau von Korn und anderen Früchten zeigt der Aeftier mehr ausdauernden Fleiß als es der bequeme Germane fonft zu thun pflegt.

Aber auch das Meer durchwühlen fie, von allen die einzigen, welche den Bern= ftein, in der Landesfprache Glefum, in den Untiefen des Strandes und auf diefem felbft fammeln. Das eigentliche Wefen oder die Entftehungsgefetze des Bernfteins haben diefe Barbaren nie unterfucht oder ergründet. Lange Zeit fogar blieb er mit andern Auswürfen der See liegen, bis römifcher Luxus das Wort für die Sache fand. Die Eingeborenen wiffen nichts damit an= zufangen; im rohen Zuftande fammeln fie ihn, unbearbeitet bringen fie ihn zu uns und ftaunend nehmen fie die

nicae propior. Matrem deum venerantur; insigne superstitionis formas aprorum gestant; id pro armis omniumque tutela securum deae cultorem etiam inter hostes praestat. Rarus ferri, frequens fustium usus. Frumenta ceterosque fructûs patientius quam pro solita Germanorum inertia laborant. Sed et mare scrutantur, ac soli omnium succinum, quod ipsi glesum vocant, inter vada atque in ipso litore legunt. Nec quae natura quaeve ratio gignat, ut barbaris, quaesitum compertumve; diu quin etiam inter cetera eiectamenta maris iacebat, donec luxuria nostra dedit nomen. Ipsis in nullo usu; rude legitur,

Bezahlung an. Man erkennt indeſſen den Stoff doch als ein Baumharz, denn man ſieht gewiſſe Arten von Landthierchen und ſogar geflügelte In=ſekten durchſchimmern, welche in der flüſſigen Maſſe hängen und beim all=mählichen Verhärten von ihr umſchloſſen bleiben. Wie in den fernen Gegenden des Morgenlandes wo Weihrauch und Balſam ausſchwitzt, ſo gibt es alſo wohl auch auf den Inſeln und in den Landſchaften des Abendlands geſeg=netere Wälder und Haine; von den Strahlen der nahen Sonne ausgepreßt und in Fluß geſetzt rinnt der Stoff in das nächſte Meer und wird durch die Gewalt der Stürme an die gegen=überliegenden Geſtade geſchwemmt. Eine Unterſuchung des Stoffes, welche den Bernſtein dem Feuer ausſetzt, er=gibt, daß er entzündlich iſt wie Kien=holz und eine fettige, geruchverbreitende Flamme entwickelt; allmählich verdickt er ſich wieder zu einer pech= oder harz=ähnlichen Maſſe.

An die Suionen ſchließen ſich die

informe perfertur, pretiumque mirantes accipiunt. Succum tamen arborum esse intellegas, quia terrena quaedam atque etiam volucria animalia plerumque interlucent, quae implicata humore mox durescente materia cluduntur. Fecundiora igitur nemora lucosque, sicut Orientis secretis, ubi tura balsamaque sudantur, ita Occidentis insulis terrisque inesse crediderim; quae vicini solis radiis expressa atque liquentia in proximum mare labuntur, ac vi tempestatum in adversa litora exundant. Si naturam succoini admoto igne tentes, in modum taedae accenditur, alitque flammam pinguem et olentem, mox ut in picem

Stämme der Sitonen; bei sonstiger Gleichheit in dem einen Punkte von jenen verschieden, daß ein Weib an ihrer Spitze steht; so tief sind sie nicht allein unter ein freies, nein selbst unter ein Sklavenvolk herabgesunken.

Peuciner. Veneter. Fennen. Schluß.

Wir stehen an der Grenze des Suevenlandes. Ob ich die Stämme der Peuciner, Veneter und Fennen germanisch oder sarmatisch nennen soll, weiß ich nicht. Die Peuciner allerdings, von einigen auch Bastarner genannt, zeigen in Sprache und Sitte, in der Art zu wohnen und zu bauen germanisches Wesen. Allgemeiner Charakter aber ist Schmutz und Stumpfsinn; als Folge von Mischehen macht sich ein gewisser Abfall zu sarmatischen Mißgestalten bemerklich. Die Veneter ihrerseits haben in ihrer Lebensweise viel Sarmatisches angenommen, denn das ganze Wald = und Gebirgsland,

resinamve lentescit. Suionibus Sitonum gentes continuantur; cetera similes uno differunt, quod femina dominatur; in tantum non modo a libertate, sed etiam a servitute degenerant. Hic Sueviae finis.

Caput XLVI.

Peucinorum Venetorumque et Fennorum nationes Germanis an Sarmatis ascribam dubito; quanquam Peucini, quos quidam Bastarnas vocant, sermone, cultu, sede ac domiciliis ut Germani agunt; sordes omnium ac torpor (procerum), conubiis mixtis nonnihil in Sarmatarum habitum foedantur. Veneti multum ex moribus traxerunt; nam quicquid inter Peucinos Fennosque das sich zwischen Peucinern und Fennen erhebt, durchstreifen sie als Räuber= horden. Dennoch betrachtet man sie besser als Germanen, denn sie haben feste Wohnungen, tragen Schilde, sind Fußgänger und rüstige Läufer; alles im Gegensatz zu dem auf Roß und Wagen lebenden Sarmaten.

Des Fennen Art ist außerordent= liche Wildheit und wüste Dürftigkeit; er hat weder Waffe, noch Roß, noch heimischen Herd; seine Nahrung sind die Kräuter des Feldes, seine Kleidung ein Thierfell, sein Lager der Erd= boden, seine einzige Hoffnung der Pfeil, dessen Spitze er in Ermanglung des Eisens aus Knochen fertigt. Ein und derselbe Jagdzug muß Mann und Weib ernähren; beide ziehen gemeinsam aus und jedes heischt seinen Beutetheil. Die Kinder bergen sie in Geflechten von Baumzweigen; das ist die einzige Zu= flucht vor dem Raubthier und dem Regenguß; da kehrt auch der Erwachsene ein und birgt sich der Greis. Aber glücklicher dünkt sie dieses Loos, als

silvarum ac montium erigitur, latrociniis pererrant. Hi tamen inter Germanos po- tius referuntur, quia et domos figunt et scuta gestant et pe- dum usu ac pernici- tate gaudent; quae omnia diversa Sar- matis sunt, in plau- stro equoque viven- tibus. Fennis mira feritas, foeda pauper- tas: non arma, non equi, non penates; victui herba, vestitui pelles, cubile humus; sola in sagittis spes, quas inopia ferri os- sibus asperant. Idem- que venatus viros pa- riter ac feminas alit; passim enim comitan- tur partemque prae- dae petunt. Nec aliud infantibus ferarum imbriumque suffu- gium, quam ut in aliquo ramorum nexu contegantur; huc re-

hinter dem Pfluge zu keuchen, im Auf=
bau von Haus und Hof zu frohnen,
eigenes und fremdes Gut in Furcht
und Hoffnung umzutreiben. Sorglos
vor den Menschen, sorglos vor den
Göttern — so hat dieses Volk das
Schwerste erreicht: sogar das Wünschen
ist ihm kein Bedürfniß mehr.

Weiter hinaus beginnt schon das
Reich des Märchens, so die Sagen
von den Hellusiern und Oxionen,
welche Kopf und Antlitz von Menschen,
Rumpf und Glieder von Thieren haben
sollen; unverbürgte Angaben, welche
ich als solche auf sich beruhen lasse.

deunt iuvenes, hoc
senum receptaculum.
Sed beatius arbitran-
tur quam ingemere
agris, illaborare do-
mibus, suas alienas-
que fortunas spe me-
tuque versare; securi
adversus homines,
securi adversus deos
rem difficillimam as-
secuti sunt, ut illis
ne voto quidem opus
esset. Cetera iam
fabulosa: Hellusios
et Oxionas ora homi-
num voltusque, et
corpora atque artus
ferarum gerere; quod ego ut incompertum in medium re-
linquam.

Inhalt.